張曼娟讀契訶夫

原著——契訶夫
編譯／導讀——張曼娟

Anton P. Chekhov

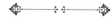

目次

Anton P. Chekhov

【張曼娟的課外讀物——總序】

誠徵閱讀夥伴

我的童年沒有安親班和夏令營，總覺得每年暑假都很悠長。在蟬鳴聲中醒來，寫完了暑假作業，為紙娃娃設計繪製兩件漂亮的衣服之後，便將家裡那寥寥可數的課外書再讀一遍，其實已經讀過了幾十遍。因為家庭環境並不寬裕，「閒雜書」不是父母計畫以內的支出，那幾本故事書是某個阿姨、叔叔的餽贈，書皮已經破損了，書頁都快散落了，卻仍很寶貴。我一邊閱讀著，一邊等待家住對面的同伴，帶著他們新買的書過來找我。我們會趴在冰涼的磨石子地板上，共享閱讀的美好時光。

念小學的時候，學校並沒有圖書館，卻有許多書箱子，每個星期，會有一個將課外書裝得滿滿的木箱子，送進教室，我們一擁而上，挑選自己喜歡的書，如飢似渴的閱讀，廢寢忘食。因為不可能一人擁有一本書，於是，兩、三位同學會坐在一起，共讀一本書，翻書的同學自有一種節奏，時間掌握得很好。當她翻到新的一頁，我能感覺到心臟卜卜的跳動著，彷彿新的世界在我眼前升起。

讀到恐怖故事時，忍不住擠在一起；讀到有趣的情節，笑得前俯後仰；讀到悲傷的畫面，聽見彼此吸鼻子的哭泣聲音。如果我不是其中的一個孩子，如果我站在不遠處觀看這個情景，應該是一幅令人怦然心動的圖畫吧。

升上國中以後，除了教科書和參考書，其他的書都是雜書，因為「聯考」大敵壓境，全力以赴都不見得能應付，不該浪費時間在「沒有用」的事物上。因此，我常看見同學因為在課堂上偷偷讀課外書被體罰；因為夾帶課外書來學校而被沒收。

其實，青少年對世界和自我的龐大探索正要展開，他們需要各式各樣的閱讀，去拼湊未來人生所需要的一切圖像、聲音與感受；去慢慢形塑一個完整的自己，並建立起與外界溝通和連結的能力。

許多年後，當我成為教師，成為作家，成為推動閱讀者，不斷有家長向我詢問：「該如何為孩子挑選課外讀物？」；「可以推薦課外讀物給我的孩子嗎？」；「世界名著會不會艱澀難懂？」；「孩子該從哪些書開始入門？」這些詢問匯聚而成的聲音是：「讓我的孩子閱讀好看的課外讀物吧。」

於是，在 2021 年夏天，與麥田出版社合作，我為青少年重新編選了【張曼娟的課外讀物】這套書，精選出美國作家奧．亨利、俄國作家契訶夫、日本作家芥川龍之介、英國作家王爾德共四位世界名家，都是我自己衷心喜愛的。從他們的作品中，選出精采可讀，人物刻劃生動，並帶有啟發性的故事。雖然，四位名家都不是現代人，他們的創作卻具有現代性，甚至是未來性，讀來常有悸動之處，令人低迴不已。

青少年翻閱這套書時，我希望他們能感到世界以暗沉或明亮；直率或詩意；纏繞糾結或是豁然開朗，展現出真實樣貌，當他們伸出心靈之手去觸摸，能感受到溫柔的脈動。

至於我扮演的角色，不只是選書和推薦人，更是和孩子們一起共讀的那個人，輕輕為他們翻開書，在期待中翻到下一頁。因此每本書都有作者介紹、導讀，每一篇都附上「曼娟私語」和「想一想，得到更多」，讓他們感覺到閱讀是有人陪伴的。

看哪，激勵著疫病女孩的最後一片葉子，暗夜風雪中會不會凋落呢？一個社交名媛失去了華服與妝飾，還能享受眾星拱月的虛榮嗎？茂密竹林中發生了命案，誰才是真正的受害者？為了幫助快樂王子解救人民而犧牲的小燕子，僵臥在寒冷中，牠會不會後悔？

故事就要開始了，我們都就定位了，一起來讀一本書吧。作為家長的您，是否也願意坐在孩子的另一邊，當孩子拿起他喜歡的課外讀物時，成為他的閱讀夥伴？

醫院與劇院

Anton P. Chekhov

安東・契訶夫（Anton P. Chekhov，1860 - 1904），俄羅斯人。他除了是二十世紀具代表性的短篇小說家、劇作家，也是一位醫生。契訶夫的身分橫跨多個領域，他曾經說：「醫學是我的妻子，文學是我的情婦。」雖然人生舞台謝幕得早，其體察人心的作品與對底層人民的關懷，卻博得了後世無數的推崇與掌聲。

在沙皇的統治下，契訶夫的家族歷代皆為農奴，直到祖父用存款贖回自由之身，父親始以經營雜貨店維生。因家中貿易往來，契訶夫年幼時便接觸到廚師、警察等各行各業人士，使他後來的創作，多以市井小民的日常生活與精神面貌為題材。契訶夫為家中第一代知識分子，從小即進入正規小學受教，在中學時期初次接觸歌劇，開啟日後的劇本寫作之路。不久，父親因為經商失敗，逃往莫斯科躲債。未完成學業的契訶夫只能留在家鄉，以半工半讀的方式完成高中學業，後來考上了莫斯科大學醫學系。

契訶夫為了分擔家計，就讀醫學系期間開始寫小短文，投稿到當時著名的幽默文學週刊。其針砭時事、嘲諷階級制度的犀利筆調引起文壇注意，〈辦事員之死〉即是他早期的代表作。醫學系畢業後，契訶夫行醫之餘仍不忘發表短文，如〈帶馬味的名字〉。同時，契訶夫也因創作劇本而結識柴可夫斯基、托爾斯泰等諸多藝文界人士。

時至 1886 年，作家格里果羅維奇來信，信中提及契訶夫具備寫作天賦，並鼓勵他善用才能寫作嚴肅題材。深受鼓舞的契訶夫因此改變風格，轉而關照社會底層的人民生活，〈只有憂傷伴著我〉一文甫出便獲得多方讚賞。於此同時，第一部四幕劇本《伊凡諾夫》正式在莫斯科的劇院首演。

致力關懷百姓生活的契訶夫，在三十歲時前往專門囚禁俄羅斯罪犯的庫頁島考察。考察期間，他訪問了住在島上的貧窮人家與囚犯，親眼看見當地居民慘不忍睹的生活。契訶夫回到莫斯科後，除了和官員們討論如何改善居民生活、捐贈書籍給當地孩童，更提筆寫下《庫頁島》一書，藉此揭露專制政權下的醜陋黑暗。不久，莫斯科當地爆發霍亂，契訶夫重新穿上白袍參與醫療工作，並以當時救治狀況的紀錄為藍本，寫成小說〈第六號病房〉。

相較於著重社會寫實的小說作品，契訶夫的劇本多以貼近生活的輕鬆喜劇為主。契訶夫見識過挫敗帶給人生的痛苦，於是選擇寫作喜劇為觀眾帶來歡笑。陸續創作的《熊》、《海鷗》、《三姊妹》等著名喜劇便如他自己對歌舞劇的看法：「歌舞劇讓人習慣笑，而人一笑就健康了。」

隨著劇作在各劇場演出，契訶夫因此結識了參與《海鷗》演出的女演員克妮碧爾，兩人一見鍾情並結為連理。然而，這時的契訶夫已深受肺結核所苦，養病期間仍舊持續創作，著名的《櫻桃園》劇本即是這段時間的作品。到了 1904 年，他的健康狀況每況愈下，除了原先的肺病，還罹患了其他病症。同年夏天，正當《櫻桃園》一劇在彼得堡皇家劇院展開巡演，並且獲得各界一致好評時，這位透過作品關照百姓生活、針砭時政的作家終不敵病魔，悄悄的從人生舞台謝幕了。

曼娟導讀

一個人的身影

——如此孤獨，如此巨大

如此孤獨，如此巨大。不知道為什麼，想到契訶夫的時候，總覺得他是孤獨的一個人，戴著眼鏡，蓄著濃密的鬍鬚，一隻手插在褲袋裡。溫和的眼睛彷彿知曉許多祕密，隱藏著既世故又天真的微笑，年輕時秀逸得近乎羸弱，中年時則有著從容而堅定的樣貌。

1860年一月十七日出生於俄國南方的契訶夫，是一個雜貨商的兒子，童年的求學過程並沒有得到家人的支持，父親認為把時間浪費在閱讀上，還

不如去店裡幫忙做生意來得實際些。然而，他仍堅持的半工半讀完成學業，並在二十歲那年，發表了第一篇作品，創作生命於焉展開。為了現實生活所需，他常在幽默雜誌上刊登詼諧有趣的故事，受到讀者的歡迎。

二十四歲的契訶夫完成莫斯科大學醫科學業，在小鎮行醫，並且擔任法庭醫務鑑定人，從事驗屍工作。這些職務使他對於人情世事有了更深入的同情與理解，也陸續蒐集了不少創作題材，同年出版第一本小說集的他，在二十八歲那年獲得了「普希金獎」。二十九歲，他的劇作《伊凡諾夫》在彼得堡皇家劇院盛大演出，使他成功晉身為傑出的劇作家。

儘管在藝術道路上，契訶夫可謂一帆風順，然而，肺病卻已悄然襲擊他的健康，成為終其一生擺落不去的夢魘。這襲擊並不能屈服他的意志，也不能阻止他走向世界的腳步，他去了西伯利亞和庫頁島研究罪犯與流放者的生活，這樣的艱苦沒能使他退卻；他也去了維也納、威尼斯、佛羅倫斯、羅馬、拿波里、巴黎等地，那些美麗景色與人文精神，使他更振作起創作的鬥志。

或許是因為藝術的心靈都是孤獨的，或許是因為咯血的肺病隔絕了與他人的親密關係，在劇作界與文學界享有盛名的契訶夫，在感情上卻始終是孤獨的，直到三十八歲，才遇見女演員奧爾加．克妮碧爾，三年後，他們結婚了。結婚之後，在莫斯科繼續演戲的妻子與留在療養院裡醫治的契訶夫，依舊是分隔兩地，思念中的契訶夫寫了許多信給妻子，這些書簡具有極高的藝術價值。1904年七月二日，契訶夫與肺病的爭戰劃下休止符，他從病痛中脫離，走入恆久的歷史。

逝世一百多年的契訶夫在我看來，總是孤獨一個人的身影。然而，正因為他的孤獨，使他對於世人的孤獨有了同其情的理解。〈會說話的風〉裡的男人不願意表白自己的情感，趁著帶女人從山頂滑雪橇的機會，對女人示愛。他的情話與耳邊呼嘯的風混在一起，女人無法分辨，到底是男人的真心，還是風的無心？最後，她愛上了滑雪，愛上了會說話的風。

初次讀到〈萬卡〉這一篇，覺得內心柔軟的地方，被狠狠刺了一下。白雪紛飛的聖誕夜，那個無父無母的孤兒，偷偷在燈下給爺爺寫信，希望爺爺來營救他，帶他離開鞋匠的家，終止這樣的受虐生活。然而，最終他沒有寫上地址，這是永遠無法寄出的信啊，永遠不會有的救贖。

〈只有憂傷伴著我〉的老車夫，兒子剛剛過世，他很想找個機會和乘客談談自己的喪子之痛，然而，來來往往的乘客，或暴躁或粗魯，對於別人的事毫不關心，老車夫得到的只有一次次的失望與更深沉的失落。除了這些把孤獨琢磨得光芒耀人的故事之外，契訶夫的幽默風趣也表現在〈辦事員之死〉、〈大人的婚姻〉、〈紳士朋友〉、〈帶馬味的名字〉、〈變色龍〉這幾篇中。錯落有致的敘事技巧，生動鮮活的人物塑造，示範了一種簡潔深刻的藝術手法。

契訶夫孤獨的衣角掠過這個世界，便開出許多奇豔的花，這些花正是一個又一個好聽的故事，於是，一百年過去了，我們一點也不覺得遙遠，他的故事仍在我們的嘆息中，微笑裡。我們終究懂得了孤獨是怎麼一回事，懂得了人性的善良與邪惡，我們也很高興有契訶夫的相伴與理解。雖然，他總是一個人，這身影如此孤獨，卻也如此巨大。

會說話的風

Anton P. Chekhov

這是今年冬天的第一場雪，窗外的飛雪輕飄飄落了下來。

我坐在窗邊，搖著搖椅。年紀真的大了嗎？最近愈來愈怕冷，天冷了就不愛出門，只愛坐在窗邊烤火爐。

「啪嗒、啪嗒……」

那些雪花拍打在玻璃窗上，讓我想起了一些年輕時候的荒唐事……

也是一個飄雪的冬日正午吧，雪落在地上，結成了冰；冰又龜裂了，像大地長了皺紋。究竟是雪或者是冰，在融化的時分恐怕是很難分清楚的吧，如同年輕時候的情感，在愛人與朋友之

間，總有許多曖昧不明的尷尬。那年冬天，正值青春年華的娜迪亞和我，兩人的情誼大約正是走到了這樣的一個灰色地帶。

許多幽微的情緒暗暗流動著，難以說破，或者，是不願意說破吧，只怕一切清晰確認了，再無法享受彼此之間充滿無限可能的關係。

這天，娜迪亞緊靠在我的肩上，那白亮的霜雪滿布她的髮梢，彷彿她的髮線也下起雪來。我望著她，她望著我，我們像是忽然白髮蒼蒼地老去了啊。

站在雪丘上，我們看著這一望無際的緩坡起起伏伏，旁邊還停放著一部雪橇。

「跟我一起滑下去吧！」我請求她：

「一次就好了，我跟妳保證，我們絕對可以平安抵達山下的。」

我拍了拍她的肩膀，希望能給她一點勇氣。但我看得出來，她還是十分害怕。

「不不不。」

她搖了搖頭，髮線上的雪花也落了下來，下成她肩上一場零星的雪。她拚命地喘氣，像是要撫平自己過快的心跳。她朝山下望了一眼，整個人就呆住了；我的提議像是一個致命的邀請，讓她後退了幾步。

風呼呼吹著，我們在雪丘上僵了好一會兒。

「來吧！」我故意刺激她：

「不要再害怕了，妳的樣子看起來實在是軟弱極了！」

娜迪亞看了看我。我知道，我的話深深地刺進她心裡。她是個性格倔強的女孩，制服她的最好方式，就是激將法。

「一次，一次就好喔。」

果然，她毅然決然地走向我，只是，她的腳步危危顫顫的，像是要去走一段懸空的鋼索，或是赴一場死亡之約。

我笑了笑，把娜迪亞安置在雪橇前，緊緊拉著她的手臂。然後，一個使力，雪橇就這樣飛了出去，像一枚子彈俯衝下山谷。

「要出發囉！」我叫了一聲：「呼！」

娜迪亞卻一點聲響也沒有。

我還記得那冷風像是要把皮膚割裂似地劃過我們的臉、我們的耳朵、我們的脖子；它讓我們難以呼吸，幾乎窒息。

我們的雪橇就在這樣的惡風中向谷地裡衝，四周的一切景物流轉得飛快，像在做夢似的，又像一波又一波湍急的水流。有一瞬間，我也以為我們就要下到地獄去了。

「我愛妳，娜迪亞！」

我忽然在她的耳邊輕輕地說。說出來的話令自己也感到驚訝。

雪橇愈來愈慢，風愈來愈小，雪磨擦的嘶嘶聲也愈來愈平和，我們終於抵達了谷地。娜迪亞根本就站不起來了，她的臉色枯槁，蒼白如一張紙。我把她扶了起來，她歪歪倒倒地倚在我身旁，用嚇壞了的大眼睛盯著我看。

「我不玩了！不玩了！」她嚷著：

「說什麼都不玩了！就算給我全世界我也不玩了！」

只是，思緒忽然轉到了對的頻道，她想起了什麼，看我的眼睛明顯地溫柔了起來。

我彷彿聽見，她的心裡在問：是誰說了那幾個字？是我？還是呼嘯的風？這句話是真的嗎？真的有人說過嗎？

我故意理也不理，抽著我的菸，看著四邊的風景。她在我面前蹀來蹀去，時而低頭思索，時而不耐與沮喪地凝視著我，希望我能開口說句話。我看著她表情豐富的臉，一句話也沒說；她或許想問些什麼，卻又不知道該怎麼開口，於是一點點興奮、一點點不安爬上了她的眼睛。

「你知道嗎……」她終於開口了，臉有些潮紅，也不再看我了。
「什麼？」我問。
「我們……」她說：「我們再滑一次。」
雖然我有些驚訝她的反應，但心底卻是很開心的。我答應了她的請求。
我們爬上雪丘，再次看著大地的皺紋，我也再次把娜迪亞安置在雪橇上。我們又踏上了恐怖的旅程，讓惡風再度將我們征服。
當雪橇滑到最快、最嘈雜的片刻，我在娜迪亞的耳邊輕聲細語地說：
「我愛妳，娜迪亞。」
語畢，我裝作若無其事的模樣。雪橇一停下來，娜迪亞立刻回過頭去看我們滑過的山坡，除了掛滿雪柱的大樹，那裡真的什麼人也沒有啊。她再轉過來仔仔細細盯著我瞧，她的眼裡寫滿了狐疑。
「真的是你在說話吧？」她問。

「什麼話啊？」我佯裝不知道。

接著，我故意漫不經心的說些話，說剛剛的風，說沿途的風景，說她的驚慌。她站了起來，弓了弓身子，臉上更是迷惑了。看著娜迪亞天真又可愛的表情，我對她的疼愛彷彿就更增添了一些。

「怎麼了？」我彷彿聽見她的心裡在問：「難道是錯覺嗎？真的不是他嗎？到底是誰說了那句話呀？是風嗎？真的是風？」

我隨意問了她幾個滑雪橇的問題，她蹙著眉頭忘了回話。看得出來，她整個心思盈滿了問號，根本心不在焉。我想，這真是個困擾她的問題啊，在我們年輕的心中，這個問題大過於天地，大過於真理。

「我們是不是該走了？」我問。

「我……我突然發現我還滿喜歡滑雪橇的。」她紅著臉說：

「我們再滑一次，好不好？」

熬不過她的請求，我們又爬上了雪丘。天色有些暗了，風更大了起來，我們站在雪丘上，看著黃昏的夕陽照射餘光在起伏的緩坡上。

她喜歡滑雪橇？呵，我在心裡偷笑。事實上，當我們要往下滑時，她仍然緊張得要命，渾身顫抖，氣喘吁吁，還差點兒從雪橇上跌出來。

第三次往下滑的時候，我知道她努力注視我的臉和唇，我先用力咳了幾聲，再用手帕摀住了嘴。

「好冷喔。」我說：「這樣就好多了。」

我們出發了。風還是一樣惡狠，速度還是一樣疾馳，當雪橇滑到半山腰的時候，我沒有忘記夢囈一般的輕聲說：

「我愛妳，娜迪亞！」

雪橇滑到谷地，天已經一點一點的黑了，這一天也要過完了。

回家的時候，娜迪亞悶聲不響，步伐相當緩慢，她應該在等待吧？她想知道，我會不會當著她的面說出那句話。她當然知道，風是不會說話的，會說話的應該是我；但是，我為什麼只在疾駛中說出那句話呢？又為什麼平常不願告訴她？

說了再見以後，我們各自走回家。從我的窗戶可以看見，她房裡的燈亮了一整晚。

第二天一早起床時，她已經來過我家，並且留了張紙條給我。

「如果你今天要去滑雪橇，請找我。娜。」

從那天開始，我們滑了整個冬天的雪橇。她每天到我家門口等我，我們一起拖著雪橇，有一句沒一句地說著話。等我們走上了雪丘，她就開始緊張起來，但她總是緊咬下唇，說她愈來愈喜歡滑雪橇。

當然，每次快速滑落的時候，我都會溫柔地在她耳邊說出那句話。「我愛妳，娜迪亞。」

這句話像酒、像嗎啡，讓她立刻上癮，沉迷不醒。那些緊張、擔心、受怕，都在聽到那句話以後，全消失不見了。她一次又一次地爬上雪丘，再緊張地滑落。那句情話的力道，竟然戰勝了恐懼與危險。可是，這句話成了她心裡的一道謎題，她不知道究竟是風還是我說的，也不知道究竟是我在示愛還是她的錯覺。

漸漸地，我發現她不再疑惑了，誰說了這句話已經不重要了，只要有這句話，只要能沉醉，管它是酒還是嗎啡？

一天中午，我一個人去滑雪橇，竟然看見娜迪亞獨自走上了雪丘。旁邊的人嘈嘈雜雜，她卻安靜極了，放下雪橇，一個人坐了上去，臉色如雪一般白，像是趕赴刑場的烈士。那天的風特別大，她應該也特別害怕吧；但是，她沒有任何遲疑的神情，我想她是執意要試試，當我不在場的時候，是不是依然可以聽見那句情話。

用力一蹬，我看見她的雪橇滑了下來，她的雙眼緊閉，張口露齒，那風把她了無血色的臉吹平了，一個人的雪橇看起來孤單極了，沿途只有劃過雪地捲起的飛雪相伴。她緊捉著雪橇，全身僵直，當雪橇滑落到地面的時候，她幾乎累癱了。看得出來，她自己也分不清楚有沒有聽見那句話？沒有我在身邊，讓她緊張到更分不清楚沿途有什麼聲音了。

我遲疑著自己該不該靠近。後來我決定默默地離開了，並且衷心期望，她真的聽到那句情話了。

很快的，冬天過去了，春天的陽光把雪丘融解、染綠，我再也沒看見她孤單的身影和緊張的神情。可憐的娜迪亞再也沒有遇見會說話的風，再也聽不見那句情話了。偶爾幾次在街上遇見她，她都是充滿疑惑的神情，像是個等待的女人；等待四季輪轉得快一點，等待冬天快快到來，等待下雪，等待再一次滑雪橇。後來，我決定要搬離那個小鎮。

離開的前一天清晨，我坐在院子裡，看著就要揮別的這個家。初春早晨還相當冷，院子裡的泥土地依然凍得像冰塊，只有幾根生命力茁壯的草用力地冒出頭來。樹上有幾隻鳥有一陣沒一陣地聒噪著，像在開會。我站了起來，走到院子邊那堵高高築起的圍牆邊，透過細縫看了看娜迪亞的家。

我只是想再看一眼娜迪亞的家，沒打算和她說再見的。但是，我剛好看見娜迪亞推開了門，走了出來，佇立在走廊上。她披著一件睡袍，但不像剛起床，而像是整晚未入睡的模樣，滿臉倦容。她小巧而蒼白的臉仰望著天，讓春風吹拂過她的頭髮。是風讓她想起了山上的那句情話嗎？怎麼她的側臉這樣憂傷？就在我注視她的時候，一顆淚水珍珠般滾出了她的眼眶。

我凝望了許久，等到一陣風從我這裡吹向她。我輕輕地張了口，向著她的方向。

「我愛妳，娜迪亞。」

我的天啊，那句話像支仙女棒，奇蹟似地將她點醒了。

「啊！」

我聽見，娜迪亞叫了起來，笑容滿面，彷彿春天的花開上她的面頰。她張了張手，像是要擁抱住風，然後再用力地擁抱著自己。我必須說，那瞬間，她變得好美好美，而且好快樂啊，她的身上寫著「幸福」兩個字。

我轉過身去，回屋子裡整理行李。第二天，我就離開了小鎮，也離開了娜迪亞的生活。

這已經是很久很久以前的事了啊。娜迪亞早就結了婚、生了孩子，現在應該也做祖母了吧？我聽說，她後來嫁給了一個不錯的男人，過著不錯的生

活。但我相信，她一定沒有忘記那年冬天的事，一定沒有忘記我，一定沒有忘記可怕的雪橇，一定也沒有忘記會說話的風送給她的那句話。

「我愛妳，娜迪亞。」

或許，在她的一生裡，這就是最美麗的一段記憶，她一定以為這是她獨享的快樂回憶，一定不知道，就在我們都已然年邁的這個時候，還有一個我也翻閱了這段記憶。

只是，現在的我和當年的我都不明白，為什麼要說那句話？為什麼要玩這樣的把戲？

我是真的愛她嗎？真的想不起來了啊。

曼娟私語

作為一個女性，看見這樣的故事，免不了心中有些憤怒和悲憫，這個男人到底在做什麼？他們明明都對彼此有好感的，為什麼要故弄玄虛？讓渴望愛的娜迪亞聽見愛的表白，卻又不承認這份愛意，不是太殘忍了嗎？然而，不可忽略的是，他們當時都很年輕，年輕時的我們，對於愛情總有那麼多的試探，那麼多的曖昧不明，甚至覺得這樣才美。

與男主角相比，娜迪亞對於愛的追求是更有勇氣的。她克服了內心的恐懼，與喜歡的男人滑雪橇，這樣的冒險，當然是因為

愛。而在下滑的過程中，她聽見了「我愛妳，娜迪亞。」這句話宛如天籟。她想確定自己聽見的話是從何而來，男人情願讓她相信是風對她說話，也不願意承認自己的情感。

娜迪亞突然變得勇敢，她要求一而再、再而三的從高坡上滑下，忍受刺骨的寒風切割身體，為的就是聽見這句溫柔的告白。她也獨自去滑雪橇，想試試能否聽見愛的告白？

不管是滑雪或是追尋愛，娜迪亞是真正的勇者。至於男主角，只是在風中玩了一個小把戲，捉弄了對他真心以待的女孩，真是懦弱的行為啊。

想一想 得到更多

A

若是遇到一個心儀的對象，你會坦誠告白自己的心意？或是在曖昧不明的氛圍中，自在的相處？

這兩種選擇各有怎樣的優缺點？

B

你曾經為愛冒險嗎？多年以後，會如何看待那時候的自己？覺得自己好傻？還是覺得一切都很值得？

辦事員之死

Anton P. Chekhov

某個晴朗而清新的週末晚上，莫耶科夫獨自一人走進了劇院，準備好好放鬆一下，他坐定位子，拿起了望遠鏡，等著今晚的節目從黑暗中亮起。

他專心看著舞台前方，不禁想了想，近日的生活並沒有什麼值得傷神之事，對於此刻，他感到十分滿足。說穿了，莫耶科夫是個怕麻煩的人，卻又要命的有著要求完美的性格，能像今晚，讓他在心靈上感到難得的清閒，是件不容易的事。

當主角出現在聚光燈下，剛集中注意力的莫耶科夫突然感覺到，有那麼一點點的不對勁，他皺起了眉頭，彷彿有千萬根羽絨從胸腔一路翻滾上來，然後是喉頭，接著是鼻腔……絕不能在此時發生這種事，這樣會多麼打擾人呀！莫耶科夫心裡暗自想著。可是，那羽絨般的騷動在鼻孔裡綻放、收縮，又綻放的感覺，卻是一次比一次強烈。

舞台上的劇情即將到達第一個高潮後的寧靜，所有人都屏氣凝神的注目

著。

「至少，也要等到這場靜默過去再發生。」莫耶科夫對自己精神喊話，強烈的自我要求著，因為此時如果不靠意志力，他知道自己馬上就要決堤。

「哈，啾！」突然，一陣巨大的聲音迴盪在整座劇院裡，莫耶科夫雖緊摀住嘴，但一切還是來不及。

他從口袋裡拿出手巾，揩揩鼻子，注意了一下四周人的反應，「應該沒關係吧！」他希望是這樣。幸好，身旁的人對於這場突如其來的打擾都沒動靜，「也對，不過就是打個噴嚏，不管是高官還是農人，每人都得經歷這事。沒人躲得過，有什麼好尷尬的。」莫耶科夫歪著頭，盡量朝好的一面去想，慢慢的也就對自己突兀的舉動感到釋懷了。

危機解除後，坐在第二排的他鬆懈地癱靠在椅背上，想繼續欣賞他喜歡的戲劇，眼睛才往前看去，卻發現就在第一排，有個禿頭男人，拿著手巾一邊擦後腦杓，一邊喃喃低聲咒罵。

「啊！」他輕聲驚呼，就在男人側著臉時莫耶科夫認出面前這個男人，那不正是交通部的長官布律查洛夫嗎？「糟糕！」莫耶科夫擦擦額頭冒出的冷汗：「我把噴嚏打在他頭上了，這下子該怎麼辦才好？」

一股莫名的焦慮湧現在莫耶科夫心中，他對自己的行為感到難堪，他想著，面前這位長官和他雖不是很熟，但至少照過幾次面，對他應該有些印象，但又不確定人家是否記得他，如果要道歉的話，該用哪種方式比較好呢？應該表現得完全不認識還是有一點點熟稔……

莫耶科夫忍不住推演了一堆面對長官的場面，又預習出好幾種道歉的版本，他覺得自己頭都快炸掉了，「怎麼會這麼倒楣，好不容易心裡頭沒有一點煩惱的，如今……」他在心底抱怨起來，但轉念一想：「其實也是我自己不好，造成別人的困擾，這事，我是沒資格抱怨的。」

認定了自己過錯的當下，莫耶科夫覺得應該要擔起責任，他動作輕巧的傾向前座，拍拍前頭的長官，帶著充滿誠意的口氣：「閣下，真的很抱歉，是我不對，原諒我突如其來的噴嚏，讓您的頭頂遭殃了，實在是一時控制不了，相信您也了解，但話雖如此，我還是錯了，對您不好意思，請您……」

話還沒說完，禿頭的布律查洛夫不耐的搖搖手，連頭也沒回的說：「甭提了，看戲吧！」

莫耶科夫聽出他的口氣透著一點不耐與不滿，這樣的反應，令他十分懊惱，因為根本沒能充分跟人家道歉，雖然說，這位長官並不是他的直屬上司，但是站在職場倫理上，他確實有必要，表達自己為人處事盡責盡心的一面。

要不然這事傳揚出去，豈不壞了他一直以來處事的原則與風格？

想到這裡，他覺得胸口悶悶地抽了起來，最近，這樣的情況似乎有愈演愈烈的狀況，只要他一有心事，稍微自責，那顆心就像受到鞭打一般，隱隱

作痛。

莫耶科夫將手放在胸前，等待這一場疼痛過去。

「難道這是種提醒，上帝看到了我的過失？」他暗自想著。不行，他覺得一定要再道歉一次，要把自己的抱歉完整的陳述一次，希望求得長官的充分諒解。

「您不愉快是必然的，您不想理會我，我也可以了解，可是閣下，請您一定要讓我說明我的歉意。」他又靠近了布律查洛夫的禿頭，在他耳邊低聲說。

「夠了，看在上帝的分上，你可不可以安靜一下，讓我好好的欣賞一齣戲，可以嗎？」布律查洛夫輕聲咆哮。

莫耶科夫嚇到了，沒想到自己竟然讓對方如此生氣。

「我就知道，他剛剛只是沒表現出來，換成是我，被人噴了一腦袋，誰不光火。」莫耶科夫知道現在不是道歉的好時機，他試著將注意力轉向舞台上，但最初進來時的舒適與快活，如今已是蕩然無存。

中場休息時，許多人都起來走動一下，莫耶科夫覺得，與其跟對方道歉，不如拿出實際的動作來得有誠意。

「閣下。」莫耶科夫再度靠近他，滿臉笑容地說：

「若您不介意，是否待會兒讓我請您喝杯酒，這樣我心裡也好過些。而您的手巾，請讓我帶回家替您清洗，屆時再親自送到您面前。」

「真的，你不必如此，而且，剛剛的事我已經忘了，只要你不再提起，相信我們彼此都會有個美好的夜晚。」布律查洛夫回答後，匆匆離去。

「他說他忘了，誰信呢？」莫耶科夫望著離去的背影，喃喃自語。

「看他的眼神我就知道，他是把不滿都隱藏起來了，而且，那眼神裡，似乎有種不屑的味道。這不公平，打噴嚏這事，是一種自然現象，卻讓我有

受辱的感覺。好吧，就算他此刻不在意，誰又會知道，過了兩天、三天，他想起這事時突然生氣起來，我又該如何是好？」

莫耶科夫的心頭愈想愈紛亂：「他明明在生我的氣，我卻沒辦法好好解釋，真令人受不了，我得清清白白的過日子，不能讓人有話說。」

這事深深困擾著他，回家之後悶悶不樂的坐在沙發上，太太馬上就察覺到了不對勁。

「發生什麼事了？」她問。

莫耶科夫沮喪的將晚上的事原原本本說給太太聽。太太的臉上出現了一絲緊張，同時也帶有一點點尷尬，她和他一樣，都認為此事的確太嚴重了。

「我想你應該去道歉。」他太太下了定論：「不然人家會以為你不懂和人往來的分寸。」

「我已經表示我的歉意了呀！」莫耶科夫委屈的大喊：「是他一再拒絕

我，從不針對我的道歉而回答，盡說些沒意義的話，而且，時間也不夠呀！」

「真煩，我們得想個辦法才行，不然這事沒完沒了。」太太皺起了眉。

第二天一早，莫耶科夫帶著和太太思考了一整晚的答案，以及一身嶄新的禮服，親自拜訪布律查洛夫。

身為交通部最高長官，布律查洛夫每週一次都會面見各地民眾，傾聽他們的心聲。此時，接待室充滿了請願的人士，其中有農民，有商人，當然，莫耶科夫也身在其中，禮貌排著隊等待接見。

當布律查洛夫走到他面前時，竟然真像是一點也不認識他似的，微笑地詢問：「請問先生，您有什麼需要我幫助的嗎？」

莫耶科夫直覺的認定，他是在偽裝，為的是在大眾面前表現風度，然而在他心裡，卻是對莫耶科夫十分的痛恨。

「閣下，如果您記得我的話，一定記得昨晚的事。」莫耶科夫一股腦將該說的話都抖了出來。

「嗯，說這些真是沒意思。」面無表情的布律查洛夫走向下一個人，看也不看他一眼。而是溫和的對下一個人問：「請問有什麼事需要我幫忙的嗎？」他說這話時笑容再度出現。

他真的生氣了，莫耶科夫心想。

就在布律查洛夫會見完最後一個民眾，正要轉身走進他的辦公室，莫耶科夫知道，此次再不把握，就沒有機會了。

「閣下，」他一個箭步站到布律查洛夫面前：「我同我太太商量，為了不失禮於您，我們準備了一個禮物賠罪。」

他從提袋裡拿出一頂黑色的帽子。

「希望您會喜歡，這會保護您在日後，免於遭受到像我這樣冒失人物的干擾，我十分明白，打噴嚏在人的頭上，的的確確是件糟糕的事。」

終於，這位長官的眼中出現了一絲怒火，沒過幾秒，這火的熱度已經可以讓身旁的所有人都感到不適。

「先生，我覺得您在嘲笑我！」布律查洛夫豎著眉毛，瞪大了眼。

「嘲笑？」莫耶科夫不懂，他明明是衷心的想要跟對方示好，好好的和解。

「關於這頂帽子，我不知道你的用意何在？」布律查洛夫氣到發抖：「但請你從此別再提起此事，並且即刻消失在我面前。」

莫耶科夫聽了，像洩了氣的皮球：「請聽我說，閣下。昨晚看您擦拭著您的頭頂，我真的真的感到……」

「滾！」整個辦公室都迴盪著布律查洛夫的咆哮聲。

在眾目睽睽之下，他被請出了交通部的辦公室，連同他沒送成的禮物。

莫耶科夫帶著失落的心情，回到自己上班的地方，為了這件事，他還請

了一早上的假。

當他走進辦公室，一踏進大門的那刻起，忽然覺得有點異常。似乎，所有的人都用一種意味深長的眼光，來看他這個人。莫非！他心底暗叫不妙，事情怎麼會傳得這樣快呢？

一向自認有為有守的莫耶科夫，覺得自己進退應對拿捏得當的莫耶科夫，終於垂下了頭，默不作聲的走向自己的位子。

羞愧的感覺淹沒了一切，而疼痛，也在這時拜訪。

他臉色蒼白，緊閉著眼忍了好一段時間，「怎麼辦？同事們會怎樣看待我，他們現在又在想什麼呢？」即使在最痛的時刻，他滿腦子還是只有這件事，揮之不去的像幽靈纏身。

「或許在我沒進辦公室前，他們就已經討論許多關於我的錯誤，恥笑我的行為，如果真是如此，我得找個機會解釋這一切。」他摀著胸口想。

只要一想到，從今以後，自己就成為一個有瑕疵的人，莫耶科夫忍不住顫抖起來，突然間，他感覺到自己的手背濕成一片。

原來在不經意間，他已經流下眼淚。

「各位先生女士們。」莫耶科夫的主管出現，讓原本熱鬧的辦公室一下子安靜下來，他站在最明顯的位子，跟大夥兒宣布：

「今天下午，將有一場特別的會晤，我們部門將負責接待……」

胸口的疼痛始終沒消失過，但莫耶科夫仍強忍著，站了起來。

「我希望你們有人能夠好好跟長官介紹一下，我們的內部情況，喔，對了，那位前來會晤的交通總長，布律查洛夫，想必大家或多或少都認識吧！」

主管話還沒說完，莫耶科夫霎時天旋地轉，什麼也看不清了，四周只剩下主管微弱的聲音，嗡嗡嗡似的繞著他耳邊打轉。

「對了，」主管接著說：「有件事是私下說的，大家得記著，這位交通總長最討厭人家盯著他腦門看，或者明示或暗示提到跟他的……嗯，跟他的頭有關的事，比方說……帽子。」

莫耶科夫在昏亂中，還是聽到了最後一句。

他頓坐在位子上，再也沒法去思考任何事情，莫耶科夫沒想到，自己一個錯誤都來不及彌補，竟又犯下第二個大錯。

「莫耶科夫，你怎麼啦？」主管喊他：「我正想派你去接待那位總長呢！」

突然間，莫耶科夫感覺到身體裡面，似乎有某個東西，應聲斷裂，那聲音來自他那自責過深的心臟。

他白著一張臉，搖晃的站起，他想逃，盡可能的逃，莫耶科夫知道自己再也無法承受了。「他們都想看我笑話，不，我不同意。」他帶著晃動的身體踏出辦公室大門，還沒跨過門檻，便穿著他那一襲嶄新的禮服，倒臥在地上，原本就患有心臟疾病的他，因為過度緊張而忽然病發，自此再也沒醒過來了。

曼娟私語

莫耶科夫死去了。

他是被自己的強迫完美逼死的，因為對於自身的完美要求，使他成為一個如履薄冰的人，每天都緊繃著過日子。

原本在劇院裡輕鬆享受著表演節目，卻因為一個突如其來的噴嚏，破壞了一切，頓時風雲變色。莫耶科夫非常介意前座的觀眾受到波及，自己的鼻水噴到了他的光頭上。雖然，他立刻表達了歉意，對方也表示沒關係，但是莫耶科夫卻認為對方並沒有全然接受他的道歉，於是陷入無窮盡的糾結中。

他並不是知道對方位高權重，怕影響到自己的前程，而是覺得對方如果不能真正原諒他，就會讓他的人格蒙上汙點，是很不光彩的。於是，他想盡方法出現在對方面前，一而再、再而三的企圖解釋、道歉，獲取原諒。只是這種步步進逼，形同騷擾，最終惹惱了對方。

鑽牛角尖，就是這麼一回事。可惜的是，他的妻子不但沒有令他釋懷，反而火上澆油，讓他陷入更深的焦慮。這時候如果有人能適時的提點他，讓他走出死胡同，也許就沒事了。

執著的人，給自己太大的壓力與負擔，長期如此，就會生病了。過度執著，是讓自己和他人痛苦的根源。

想一想 得到更多

A

你是否有什麼難以動搖的堅持？你是否曾遇見過度執著的人？你能分辨執著與過度執著的差異嗎？

B

如果因為自己不小心對他人造成不便或不舒服，你雖然道歉了，對方卻不一定會釋懷，那麼，你會怎麼想？怎麼做呢？

大人的婚姻

Anton P. Chekhov

谷里沙只有七歲，身材微胖，是個聰明機靈的孩子，觀察力入微，非常具有好奇心。因為他從小生活的環境就圍繞著許多大人，久而久之，他對於大人們的事務總是特別感到興趣，經常喜歡靜靜地偷聽大家的談話，觀看每個來往的人。

不過，他畢竟仍是個孩子，很多發生在他眼前的事情，他雖然看在眼裡但其實都是一知半解的，於是，本來僅是一點點的好奇，卻換來了更多的困惑。

此刻，谷里沙一如往常躲在廚房門外偷聽，從鑰匙孔向廚房裡窺視大人的世界。廚房的流理臺旁坐著一位灰頭髮、留鬍子、個子高大粗壯的馬夫丹尼爾。他穿著莫斯科馬夫典型的長袍，嘖嘖作響地喝著手中的茶。他發出的聲音很大，大到足以令站在門外的谷里沙脊椎發涼。坐在他對面的是保姆阿克辛雅，她也在喝著茶。她的面容很嚴肅，飽滿了自得的光彩。

廚娘蓓姬在灶爐前忙碌著，刻意躲開別人的眼光。她的臉色看起來十分蒼白，整個人顯得相當緊張，拿著炊具的雙手始終顫抖著，不能平穩。她來回踱步，一會兒拿刀叉，一會兒拿抹布和柴木，喃喃自語，有時她會故意發出一些聲響，但其實什麼事情也沒做。她沒有朝正在喝茶的那兩個人看上一眼。當保姆阿克辛雅問她話時，她頭也不回，只是敷衍地回答她。

一會兒，谷里沙看見保姆跟馬夫兩個人，鬼鬼祟祟的不知道在交換什麼祕密。谷里沙努力地聆聽，終於聽見保姆悄悄地對馬夫說：「快點開始吧，就按照我們先前排練的那樣。我問什麼你就回答什麼，不要多講，只要講我教你說的那些，懂嗎？還有，你講話得大聲一點。」

「太大聲，會不會吵到蓓姬工作啊？」馬夫拐著頭問。

「你是白痴啊？你不讓她聽到你說的話，難道要我聽嗎？」

保姆氣得指責馬夫，馬夫笨頭笨腦地點點頭。

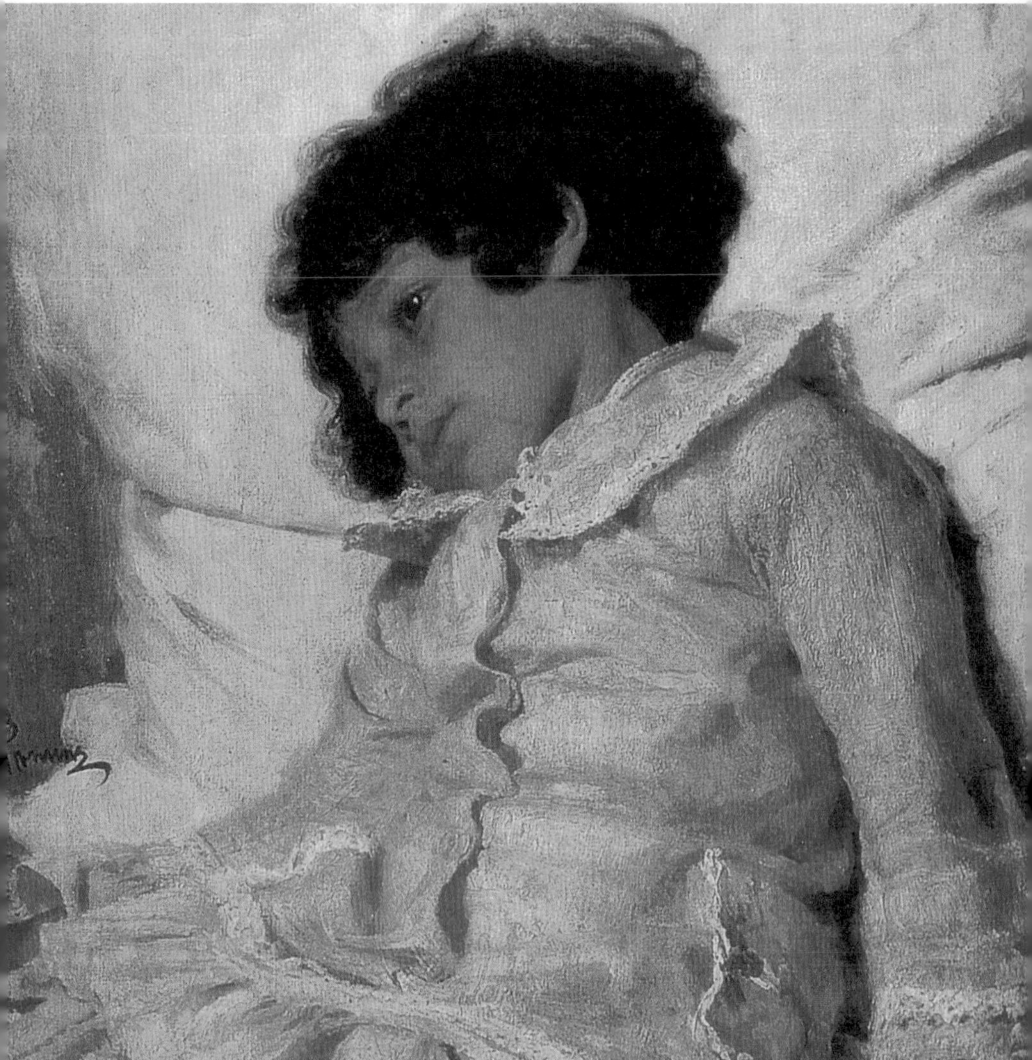

谷里沙覺得有趣，好像他們兩個要開始演戲似的。他們深呼吸一口氣，接著保姆拉開嗓門，人朝著馬夫但其實聲音卻偏向蓓姬說道：

「來點伏特加吧！丹尼爾，別只顧著喝茶啊。」

保姆把酒瓶和酒杯推向馬夫，臉上寫滿狡獪的神情。

「我從來不碰這種東西的。別強迫我，我滴酒不沾的啊。」馬夫回答。

「喔，少來這套。當馬夫的會不喝酒？單身漢沒有不愛喝酒的。來吧，來一點嘛！」保姆催促著。

馬夫斜著眼睛，瞥了一眼伏特加酒，然後熟練地望了一下保姆的臉。他自己的臉色也同樣地狡獪，彷彿心底在說：「別想抓我小辮子了，老狐狸！」

「不不不，」馬夫故作清高地對保姆說：「我絕對不是個酒鬼。當馬夫是絕對不能允許有這樣的缺點。當個工人喝酒或許無所謂，他們老待在同一個地方工作，可是我們不同，時時刻刻都必須注意馬車的狀況、路況和客人的一舉一動。要是喝酒了，發生什麼意外，那還得了？妳知道的，酒後不駕車，尤其是幹我們這行的，絕對要尊重客人和自己的工作啊。」

保姆心底不相信，但還是客套地點點頭。一會兒，她問馬夫：

「丹尼爾，你一天到底能賺多少錢？」

「那得看什麼日子囉！有可能今天賺到三盧布，但明天連一個戈比也沒有。保姆啊，妳知道嗎，日子總有好有壞，總不可能天天都過節。坦白說，目前的狀況就挺糟糕的，馬夫的人數多得像一個軍隊似的，搭馬車的乘客又愈來愈少了。雖然如此，我還是得感謝老天，不應該埋怨太多，畢竟我已經能夠吃得飽、穿得暖啦，而且還有餘力能使『那個人』快活呢！嗯，當然啦，如果『那個人』也對我有興趣的話啦！」

馬夫語畢，將眼光邪邪地飄向廚娘蓓姬的身上。

突然間，谷里沙的媽媽出現在廚房外的走廊上。縮在廚房門外偷窺的谷里沙趕緊站直身子，想要假裝自己只是路過，但一眼就被媽媽給看穿了。

「走開！趕緊回房做功課去！別在這兒聽大人說話。」媽媽說。

谷里沙非常懊悔無法看見廚房裡的後續發展。

他想知道，保姆跟馬夫為什麼要裝模作樣呢？馬夫為什麼要說些奇怪的話，而且還偷瞄廚娘蓓姬呢？

谷里沙回到房間，把俄文課本打開攤在桌上，可是無心閱讀。他滿腦子想著，並且真正希望在廚房裡的困惑，能獲得解答。

他猜想，廚娘應該要結婚了吧，就像是爸爸跟媽媽結婚、堂姊薇拉跟巴威結婚那樣，在一個房子裡住了一段時間之後就得結婚，然後離開自己的家，住進別人家。可是，為什麼一定要結婚呢？結婚到底有什麼用呢？好吧，堂姊她結婚還得到很多以前她買也買不起的金鍊子跟漂亮的衣服，而且巴威還長得挺帥的，可是，誰要跟一個紅著鼻子、穿著邋遢的老馬夫結婚呢？

唉，保姆為什麼要對蓓姬的婚事如此關心呢？谷里沙搖搖頭，實在不明白。馬夫離開之後，家裡變得安靜多了。谷里沙離開書房，來到客廳。蓓姬正從廚房走出來，她開始清潔公寓。看得出來，她的心情仍然激動著，臉上泛紅，滿臉純真的模樣。她的動作看起來是在用掃帚掃地，但仔細一看，掃帚幾乎根本沒有著地，只在空氣中晃盪著。她來回掃著不下六、七次。她在夫人的房間裡待了很久。谷里沙偷偷摸摸地躲在門邊偷看。她沒有人可以交談，似乎有些沮喪。她其實很希望能敞開心胸，跟別人分享她的想法，傾訴心事。

「嗯，他，走啦？」

看見夫人沒有開口的意願，蓓姬決定主動開口，佯裝隨口說說的語氣。

「是啊。」夫人回答。

蓓姬對於夫人簡短的回應之後立刻沉默下來，有些失望。

「喔。我都沒察覺他已經走了呢。」蓓姬故意說。

「他啊，」夫人終於繼續說了：「是個好傢伙。一個可靠的男人。」

「我不跟他結婚，絕對不要！」蓓姬激動地說：「我不嫁他！」

「妳也不小了，該結婚啦。妳在這裡作傭人，要是能嫁個好男人，就可以享福去啦！結婚是一件大事，妳應該慎重考慮，這樣吊著嗓子呼天喊地也沒用。坦白說，妳喜歡他嗎？」夫人問。

「夫人，什麼嘛！這是什麼話嘛？您怎麼這麼說？難道，難道您以為我真的想要跟他？」蓓姬慌亂地說。

谷里沙納悶，如果蓓姬不想要跟馬夫成婚，為什麼不乾脆說「不」呢？夫人又問：「別這樣扭扭捏捏，妳到底喜不喜歡他嘛？」

「可是，」蓓姬吞吞吐吐地說：「他的年紀大，會很古板吧？」

「胡說！」保姆原來也在媽媽的房間裡。她突然插嘴說道：

「他不過四十歲，怎麼叫作年紀大？妳要個年輕小夥子幹嘛？英俊的絕對不是好丈夫。妳這個傻瓜，想這麼多幹嘛，嫁了就是了！」

「我不嫁。」蓓姬嚷嚷著，用著撒嬌的口氣。

「真挑剔！那麼妳以為妳可以嫁到什麼好貨色？要是別的女孩子，跪下來求，都不一定能嫁得出去了，妳一點都不知足！」保姆說。

保姆阿克辛雅在這個家裡待了很久，地位崇高，甚至有時候說的話比夫人還有分量。保姆把蓓姬帶進門，自然覺得有權安排她的生活。

「妳以前見過丹尼爾嗎？」夫人問蓓姬。

「以前？我才沒有見過呢。今天是頭一次看見他。保姆不知道為什麼把這個人找來，一直要介紹給我？」蓓姬抱怨。

午飯時，蓓姬在伺候大家用餐。桌上的人都在觀察她，最後乾脆把話給講開了，直拿馬夫今天來的事情來糗她。她的臉頓時漲紅，不時也忍不住偷

笑起來。

谷里沙看著眼前的景象，心想，結婚肯定是件令人發笑的事情。一定有什麼可怕的地方，一種恐怖的羞辱。

其實，蓓姬今天煮的菜味道都不大對勁。不僅如此，她在擺放刀叉的時候，好幾次都粗心地將刀叉從手上掉下來，動作像個遲緩的老人。可是，沒有人責備她。大家都了解她的內心。只有老爺在餐後忽然對夫人說：

「妳啊，為什麼老對別人的婚事這麼感興趣？這關妳什麼事情？讓他們高高興興地自己找個對象結婚不就得了。如果蓓姬不想結婚就算了，待在我們這裡工作有什麼不好？」

不過夫人完全不理會老爺的話。

下午，谷里沙看見鄰居的廚師們和女傭開始在廚房聚會。他們竊竊私語，談到黃昏才散去。晚上，谷里沙在睡夢中忽然轉醒，他彷彿聽見在門外有人講話。他的好奇心又升起了，趕緊起來偷聽。

原來是女傭跟保姆阿克辛雅在講悄悄話。她們提到蓓姬，好像說還要加把勁兒勸說蓓姬。不久，谷里沙實在太累了，只好躺回床上。這晚，他做了個夢，夢見蓓姬被一個可怕的怪物給抓走了。

第二天，公寓又恢復了平靜，廚房裡的一切也恢復到往日情景，好似那個馬夫從來沒有闖進這裡的生活。只是，保姆常常披著新買的披肩，臉上顯露著嚴謹，神祕地進出公寓，一出去就是兩三個小時，顯然在忙一件大事。

蓓姬與馬夫並沒有再見面，只要有人提起馬夫，她就大叫：

「喔，那個卑鄙的傢伙，跟我有什麼關係？」

有一天晚上，當保姆跟蓓姬一起在廚房切水果時，夫人走進廚房，說：

「當然囉，妳可以自己決定是否要跟那個馬夫交往。這種事情，得由妳自己決定。不過，妳得弄清楚，他不可以住在這裡。還有，我不喜歡有人在廚房裡閒坐著，而且，在你們尚未成婚之前，妳不准在外頭過夜。」

「夫人，還有呢？」蓓姬急切地想知道，但是馬上她又轉換語氣說：

「哎喲，夫人，跟我講這些幹嘛？我對他毫無意思啊。」

某個星期天早晨，谷里沙經過廚房，大吃一驚。廚房裡擠滿了人，附近的鄰居們、鎮上的警察、酒館的老闆等人，竟然全聚集在這裡。蓓姬就站在這群人的中間，穿著小碎花新裝，頭上還戴著一朵鮮花。更令谷里沙詫異的是，那位馬夫就佇立在蓓姬的身旁。他們兩個人滿臉通紅，呼吸急促，兩雙眼睛眨不停。

「好啦，該是時候了？」

圍觀的人群中有人這麼說道。

蓓姬整張臉忽然皺起來，接著竟哭出來。有個男人從桌上揀起一塊麵包站到保姆的旁邊開始祝福。馬夫走到那男人的面前，雙膝跪下，然後在男人的手背上輕輕一吻，接著又同樣地在保姆面前跪下，吻她的手。蓓姬這時機械式的跟著馬夫的動作行禮。隨後，全部的人便從廚房走到院子。一路上，蓓姬的臉上都掛滿淚水。

谷里沙看著，心底想，天啊，蓓姬實在夠可憐的了，他們要把她帶去哪裡呢？蓓姬哭得這麼傷心，肯定不想嫁給老馬夫啊，可是，她既然沒有開口拒絕，就代表有難言之隱吧？為什麼沒有人願意拯救她呢？

儀式結束以後，大夥在洗衣房裡玩手風琴，又唱又跳直到深夜。夫人一再抱怨保姆爛醉如泥，以至於沒人可以照料廚房的事務。直到谷里沙要睡覺了，仍然不見蓓姬回到屋子中。

「真是可憐啊！」谷里沙對自己說：「蓓姬一定還在哭吧。」谷里沙實在搞不懂結婚既然這麼苦痛，大家為何還要進行這項活動呢？

第二天早上，谷里沙走進廚房時，見到夫人、保姆和蓓姬都在這裡，除此之外，馬夫也在這裡。馬夫看了看蓓姬，轉過頭對夫人和保姆悄悄地說：

「夫人，好好地看著蓓姬，她必須像過去一樣努力工作。保姆，妳也要好好看著她，別讓她往外跑認識其他男人。對了，夫人，妳能從蓓姬的薪水當中先預支給我五盧布嗎？大家都是一家人嘛，我的人屬於蓓姬了，她的錢也該屬於我啊。我需要點錢去購買新的馬頸圈。」

谷里沙聽見了，一陣謎團又盤旋在他的頭上。以往，蓓姬可以自由自在地生活，做她想做的事情，花她自己的錢，可現在，卻突然莫名其妙蹦出一個男人來接管她的行為和財產。真是太奇怪了。谷里沙想著，默默注視著蓓姬，覺得好難過。他傷心得幾乎要落下淚來，很想向蓓姬表達他的同情。他覺得蓓姬是可憐的犧牲者，同時也覺得婚姻真是件恐怖的事情，大人卻要不斷地使用這種手段來欺負別人。

谷里沙返回自己的房間，從櫥櫃中拿出一顆最大的蘋果。這是保姆昨晚給他的，說是本季最甜的品種，價格昂貴。谷里沙捨不得吃，卻決定要將這個好東西送給蓓姬。他緩緩地跑進廚房，迅速地將蘋果塞進蓓姬手裡，然後拔腿就跑，留下一臉困惑的蓓姬待在原地，不曉得發生了什麼事情。

曼娟私語

一百多年前的契訶夫，以一個七歲孩子的眼光和感受，寫出了那個年代的婚姻對女性的禁錮和剝削。從馬夫出現在廚房裡，就看出這個男人並非「良配」。但是，整個氛圍都營造出廚娘必須要嫁的態勢。

特別熱心的是保姆，她認為女人的歸宿就是婚姻，雖然她也沒能說出結婚帶給女人哪些福利，卻說出「妳能嫁到什麼好貨色？」；「多少女人跪著都求不到一個婚姻。」這樣的話，至於夫人也是抱著樂觀其成的心態。小說中唯有兩個男性對廚娘感到

一些同情與支持，那就是老爺和小少爺。

老爺認為不該熱心參與廚娘的婚事，她喜歡誰就嫁給誰；小少爺谷里沙感覺嫁人這件事沒有帶給廚娘喜悅，而是大勢所趨，不得不嫁。

新婚第二天，就明顯呈現出廚娘的不幸，在人格與經濟上都不能自主。谷里沙不知道能做什麼，只好將最珍貴的蘋果送給她。可嘆的是，廚娘也許不快樂，卻還沒意識到自己的不幸。

在那個時代像廚娘這樣的女性，隨處可見，她們或許以為，這就是女人的宿命呢！

想一想 得到更多

A

夫人勸廚娘嫁給馬夫的時候，她說嫁了就可以「享福」了，然而，從馬夫的性格與婚後的表現來看，你認為廚娘結婚之後，有沒有「享福」的可能？

B

你覺得廚娘和馬夫是真心喜歡彼此嗎？廚娘原本表現得並不想嫁給馬夫，後來促使她結婚的原因是什麼？

萬卡

Anton P. Chekhov

九歲大的男孩名叫萬卡．朱可夫，約莫三個月之前，他被送到了鞋匠阿利亞辛家裡當學徒。聖誕夜整晚，他都沒有上床睡覺，等待著鞋匠夫婦和受僱的師傅們都出門，到教堂裡參加晨禱後，他便悄悄的打開老闆的櫃子，翻出一小罐墨水瓶，以及筆尖已經鏽蝕的鋼筆，端詳片刻，然後，將一張皺巴巴的白紙仔細攤平，準備寫字了。

在他下筆寫第一個字母時，警覺的回頭看著門窗，尖著耳朵聆聽，任何的風吹草動，都令他感到不安。他的眼光瞟向那座烏黑的神像，再掃向旁邊放置著鞋楦的架子，確定一切都是安全的，這才嘆了一口氣。將紙張鋪在一把長板凳上，自己則跪在凳前，這樣的高度對他來說剛剛好。

親愛的爺爺：

我在給您寫信，祝您聖誕節安好，願上帝保佑您健康平安。

我沒有爸爸，也沒有媽媽，在這個世界上，只剩下您了。

萬卡　敬上

他抬起頭來，看見暗黑的窗戶上，自己點亮的燭光，小小的，卻充滿希望。

爺爺在日瓦涅夫地主家裡當更夫，此刻，他的模樣異常清晰而又生動的浮現在萬卡腦海中。那是個身材矮小瘦削卻精實靈活的老傢伙，年紀大約六十五歲左右，他的臉上堆滿了笑，眼裡卻有著酒醉的醺醺然。

白天多半的時間他都在下人的廚房裡睡覺，不睡覺的時候，則是和廚娘們開玩笑，逗得她們開懷大笑。到了夜晚，就是他的工作時間了，他裹上肥厚的羊皮襖，在莊園四周巡查走動，一邊敲著更梆子。這是他最主要的任務，保持警覺，保護大家。

在爺爺的身後，總是跟著兩條狗，一條老母狗是棕色的，喚作「栗子」；另一條小公狗是黑色的，身子細長，所以喚作「泥鰍」。

「泥鰍」看起來相當溫順，不管是對待自家人或外人，都是那樣的親熱。然而這親熱只是表相，當人們卸下心房，牠的偽善和卑劣便會流露出來，冷不防的在人家腿上咬一口，或者是鑽進冷藏室裡偷東西，有時還會偷農民的小雞來吃。

不知道有多少次，被人逮到之後打傷後腿，還有兩次被人吊起來狠狠的毒打。每個星期都被打得半死，卻都能活過來。

此時此刻的爺爺，或許正站在大門口，望向鄉村教堂的窗戶，他微瞇著眼，看著窗裡投射出紅融融的光。或許他一邊跺著穿氈鞋的腳取暖，一邊跟其他的僕人開開玩笑。他凍得拍著手，身子縮了起來，口中發出「嘿嘿嘿」的笑聲，低沉而蒼老。他伸出手捏捏這個女僕，捏捏那個廚娘。

「咱們來吸點鼻煙吧？」他說著，殷勤的讓出自己的鼻煙壺，遞給身邊的女人們。

她們吸著鼻煙壺，蠕動鼻子，打一個噴嚏，爺爺樂不可支的大聲笑起來。

「再來吸一點啊，快點吸，不然可要凍壞了！」

不僅是給女人們吸，他還給兩條狗嗅聞鼻煙，栗子毫不猶豫的打了個大噴嚏，像是受了欺負似的，甩著頭走到旁邊去了。泥鰍也許是要表現牠的溫順和親熱，並沒有打噴嚏，反而搖著尾巴，很開心的樣子。

天氣真是太好了，空氣裡有著清新的味道，透明似的靜謐祥和。

夜色還很暗，距離天亮應該還有一段時間，整個村子裡的屋頂都是白色

的，煙囪裡緩緩飄出輕盈的炊煙。樹木經過一夜大雪，被染成銀白色，還有堆積著的雪堆，也看得很清楚。星星在夜空中閃耀著，似近似遠的，發出堅實璀璨的光芒。銀河也能看得分明，就像是在聖誕節前，有人費心的用白雪擦洗得乾乾淨淨，這樣才能配合人們歡慶的心情。

萬卡無精打采的又嘆了一口氣，筆尖蘸了墨水，繼續給爺爺寫信。

「我昨天又捱了一頓打，老闆揪著我的頭髮，把我拖到院子裡，用他的皮帶狠狠地抽打我。因為我犯了錯。我在搖著他們搖籃裡的寶貝娃娃時，實在太睏，所以不小心睡著了。」

他下意識的撫摸身上的傷痕，因為太疼痛，於是收回了手。

「上個星期，老闆娘吩咐我把一條鯡魚清理乾淨，我從尾巴開始清理，老闆娘衝過來，抓起鯡魚，用牠尖銳的頭戳我的臉。」

萬卡臉上的傷也還沒有痊癒，只是新的傷很快蓋過了舊的痛。

「平日裡師傅們總是捉弄我，支使我去店裡買伏特加酒，還叫我偷老闆家的黃瓜。老闆總是打我，不管抓到什麼，都拿來打我。我也沒什麼東西可以吃，早晨給點麵包，午餐只能吃稀飯，晚上只給一點點麵包。如果有茶或是白菜湯，老闆他們自己就狼吞虎嚥的吃光光了。」

因為寒冷，也因為飢餓，萬卡打了個寒顫。

「他們沒有給我地方睡，只能睡在走道，如果小娃娃哭了，我就得去搖搖籃，根本不能睡覺。」

「親愛的爺爺，求您大發慈悲，快來帶我回鄉下吧。我給您磕頭了，如果您不來領我回家，我就會死在這裡了。」

萬卡撇了撇嘴角，忍住哭泣，他用黑黑的、骯髒的拳頭揉了揉眼睛。

「讓我給您捲菸葉吧。我會為您禱告，要是我做錯了事，您可以盡量抽打我。要是您覺得我閒著沒事做，我可以去求管家，我給他擦皮靴，我還可以去放牧。親愛的爺爺，我沒辦法活下去了，我本來想偷偷跑回鄉下去，但是因為沒有皮靴，實在太冷了，一步路也走不了啊。等我長大，我會養活您的，絕不會讓任何人欺侮您。」

萬卡想像著自己已經長大，沒有人可以欺負他，他還能保護爺爺。

「莫斯科是座大城市，很多大房子，裡面住的都是些有錢的老爺。有很多馬，卻沒見到羊，狗也不兇，不會咬人。我看見幾家店鋪裡賣獵槍，各式各樣的。肉店裡賣著野雞、松雞、野兔，到底在哪裡可以打到牠們呢？沒有人告訴我。」

他停了下來，似乎在回憶著什麼，而後繼續寫道：

「親愛的爺爺，等地主老爺家的聖誕樹布置好了，掛著滿滿的小禮物，請幫我摘一顆金色的核桃，藏在那個綠色的箱子裡。您求求奧麗嘉小姐，就說是給萬卡的。」

萬卡抽搐似的嘆了口氣，再度凝望著那扇窗子，他想起爺爺每年聖誕節前都會到樹林裡，為老爺家挑選合適的樅樹，而自己總會跟在身邊，那真是好快樂的時刻啊。

爺爺會發出喀喀的咳嗽聲，林中的樅樹被寒冷凍得喀喀作響。在動手砍樹之前，爺爺會先抽菸斗，或是嗅嗅鼻煙，逗弄著萬卡玩。還沒長大的樅樹披掛著冰雪，一動也不動的站立，看著誰會在下一刻死去。不知從哪兒竄出一隻野兔，在連綿堆積的雪上跳躍奔跑。爺爺大聲歡呼：「抓住！快抓住啊，抓住這個短尾巴的小滑頭！」

爺爺將砍倒的樹拖到地主老爺家，準備著手裝飾。最忙碌的是奧麗嘉小姐，她是萬卡在這個家裡最喜歡的人。萬卡母親還活著的時候，在地主家當僕人，奧麗嘉小姐常給萬卡糖果吃，閒著沒事的那些日子，她就教萬卡讀書、寫字、數數，從一數到一百，甚至還會教他跳舞。可是，媽媽過世後，萬卡就被送到下人們的廚房裡，和爺爺一起生活了。過不了多久，又從廚房被送到了鞋匠舖子裡。

「快來吧，親愛的爺爺。」他努力的寫著：

「求您可憐我這個孤兒，在這裡我天天挨揍，天天挨餓，除了哭，我不知道怎麼辦。幾天前老闆用鞋楦打我，我昏倒在地上，過了好久才醒過來。我感覺自己的生命還比不上一條狗。不要把我的手風琴送給任何人喔，親愛的爺爺，快來帶我回家吧。」

萬卡把寫滿字的紙張折成四折，裝在他前一晚買來的信封裡。他想了想，慎重寫下地址，盡量寫得很工整：「寄給鄉下祖父」，完成了，再想了想，決定寫下爺爺的名字：「康斯坦丁．馬卡瑞基」，這下就萬無一失了。

他覺得很滿意，寫信的過程中，都沒有受到打擾。他戴上棉帽，連皮襖都來不及穿，便雀躍的跑到街上。

前晚溜出來買信封時，他已經打聽過了。肉店的老闆和夥計對他說，人們會把信件投入郵箱中，郵差再把信件取出來，醉醺醺的車夫駕著三匹馬拉的郵車，一路響著嘹亮的鈴鐺聲，將這些信件送往世界各地。

萬卡跑到第一個郵箱前，將他珍貴的信投了進去。

他的心中充滿了甜蜜與幸福的希望，大約一個小時後，他熟睡了。在夢中他感到溫暖，看見一個小爐灶，燃燒的火光閃動，爺爺坐在火炕上，兩隻光腳丫懸盪著，正給圍在身邊的廚娘唸一封信。泥鰍也在，快樂的搖著尾巴，在火炕旁走來走去。

曼娟私語

這個故事讀完之後，真是令人心情沉重啊。萬卡的悲劇已經不可避免了。如果可以穿越時空，真想展開一場「萬卡救援」，將他從鞭打、飢餓、疲勞、恐懼中救出來，讓他可以好好長大。

在這個故事中，最大的罪惡其實是貧窮。

因為貧窮，萬卡和家人只能成為地主老爺家的僕人，當媽媽還在世的時候，萬卡的日子過得比較幸福，連奧麗嘉小姐對他也多所照顧。但是媽媽過世之後，萬卡成為真正的孤兒，雖然有爺爺在身邊，卻無法成為倚靠。

可能因為覺得萬卡是個累贅，他被送去城裡的鞋匠家當學徒，所謂的學徒，其實就是不支薪的僕人，吃不飽、睡不夠，動不動就遭到不當體罰，幾度死去活來。鞋匠老闆也許不是故意惡待萬卡，不可忽略的是，他們也只是窮人，生活也是有困難的。

萬卡童言童語的，將受苦的經歷寫給爺爺，卻感覺格外恐怖。尤其當讀者充滿同情，希望這封信能讓萬卡脫離苦海，卻發現他只寫了爺爺的名字，卻沒有寫上真正的地址。這根本就是一封寄不出去的信，多麼令人絕望啊。

那是在聖誕節前的暗夜，黎明尚未到來，好不容易露出的曙光，又被烏雲遮蔽了。

想一想 得到更多

A

如果你是萬卡的爺爺，你會擔負起養育孫子的責任嗎？還是把他送到外地當學徒？爺爺將萬卡送去城裡，會不會有什麼考慮？

B

假設萬卡沒有夭折，在這樣的環境下長大了，他會成為怎樣的大人？他有沒有可能扭轉自己的命運？為什麼？

紳士朋友

Anton P. Chekhov

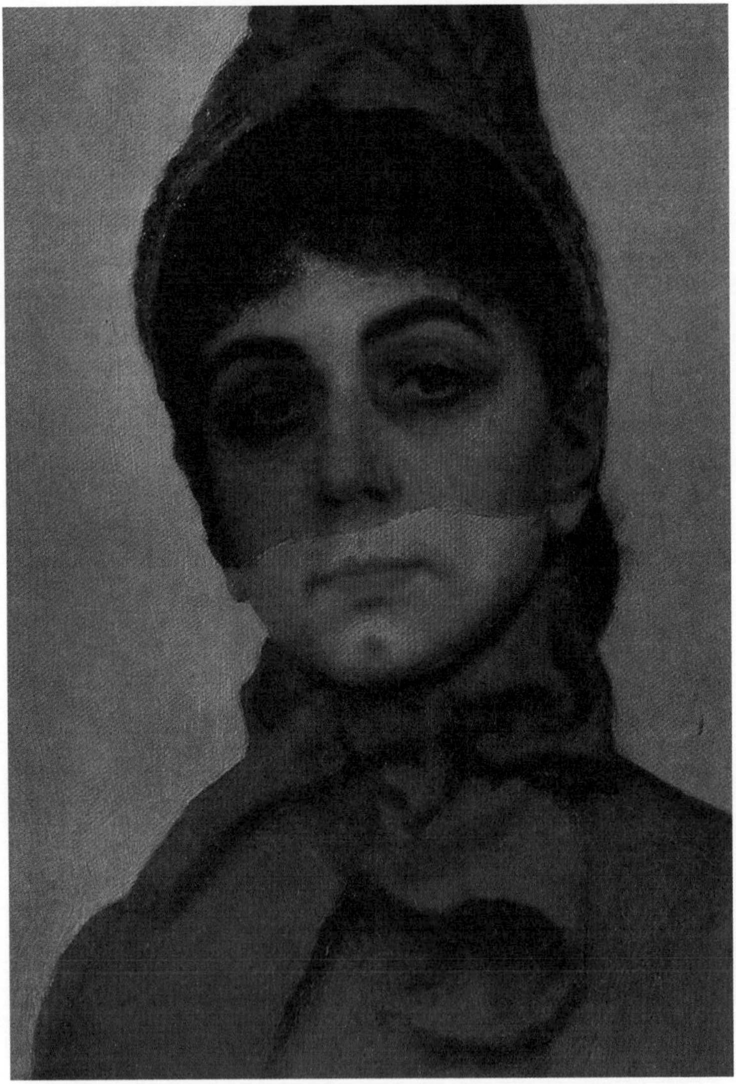

從醫院走出來，已經是好幾個月以後的事，美麗的薇達仔細整理一下自己，卻怎樣也不滿意。當初是怎麼進入醫院的，真實的情況她不太敢去回想，關於與某個男人的過去。那時，她以為終於如願的遇到一個自己喜歡，同時又是個有錢的男人，卻沒想到，那男人和她一樣，竟然也是個狩獵者。

她想起那個早上，她從外頭回到家，發現男人已不知去向，自己的積蓄也不翼而飛，薇達匆忙的奔出家門找人，卻一個不小心從樓梯上滾了下去。這下子，讓她跌斷了數根肋骨，躺在地上動彈不得。

一想起那天，薇達猛力地晃晃腦袋，像是要把這些過去全部甩出去。

走在有些陌生的馬路上，嗅聞著比醫院還要新鮮的空氣，薇達有些茫然，不知該何去何從？因為當她結清了所有醫藥費後，是真的一貧如洗了。

「該怎麼辦呢？」她找了個地方坐下，看著撐起下巴的手上，還有一只綠松石戒指。這是全身上下，唯一能夠妝點她，又比較值錢的東西了。

「哎！」她想起不告而別的男人，曾拿著這只戒指說出一番動人情話，心裡頭又刺了一下，薇達沒想到，至今對男人還有一絲眷戀，一向只看男人外在與金錢的自己，這次竟會栽了這麼大的筋斗，她一向認為自己精明過人的。

「不知拿到當舖能換得多少錢？」薇達自言自語。

然而，當她從當舖走出來時，她失望了，手上只有一個盧布，「沒想到我的愛情如此廉價，這一點點錢，能買什麼？我還得重振旗鼓，打扮體面一點，而不是像現在這樣。這一盧布，連一件當季的短上衣，或者一頂寬邊帽，或是一雙金色的高跟鞋都買不起，真是太糟糕了。」

她覺得心裡好難受，彷彿燃起的希望又被澆熄。

失去了美麗的妝扮，薇達覺得自己跟裸體沒什麼兩樣，她一向是對自己的外貌引以為傲的女人呀！

走在路上，她一直在想這件事。飯可以不吃，就算暫時居無定所也無所謂，可是打扮這回事，她得想辦法快快解決。不知為什麼，她愈來愈覺得不自在，這是前所未有的感覺，以往，總覺得身旁的人經過她，必定會被她的美貌懾服，再三的打量是因為豔羨與讚歎，可是今天，不只是和她錯身而過的人們，就連抬頭望她一眼的狗兒，都像是在嫌棄她的穿著隨便。

薇達將所有的憂慮都放在衣服上了……如果可以有件時髦的短上衣，一頂讓自己看起來更高貴的帽

子，還有一件花色美麗的長裙，以及金色高跟鞋。

「啊！」光是用想的，薇達都快要瘋狂了。

「對了，或許我可以回去找我那群紳士朋友，當初迷戀我的那幾位，或許，其中有一人願意給我點錢，讓我重拾過去的美豔。」

好不容易，她終於想到一個完美的辦法了。她想，當初自己每天都在「羅曼舞廳」裡消磨掉一整個夜晚的時光，她的男伴們也大多是在那裡認識的，當時，薇達可是心高氣傲的一個女人，欣賞她的紳士們，能得到她青睞的並沒有幾人。

她不隨意留下自己的訊息，像個神祕女郎，也因此讓更多男人為之瘋狂。雖有幾個月沒去了，但薇達是永遠不會忘記這個，令她充滿光彩的展示台，然而，身上只有一盧布的她不能坐車，那錢是她唯一的了，除非必要，否則不能隨便花掉。

於是薇達走了好長一段路，才到羅曼舞廳門口，恰好天都黑了，進場的紳士名媛漸漸多了起來。

從舞廳裡流瀉出來的音樂與迷人氣息，是她所熟悉的，一下子，從醫院出來的失落感消失了，她感覺到自己又將回到上流生活。

眼尖的薇達突然看到一個面熟的身影，她想起來了，那不正是曾苦苦哀求她，希望與她共度一頓晚餐的史律師。機會果真來了，薇達不想放過，她知道只要一出現在史律師面前，他整個人的神魂都要飛了。

追著史律師的腳步，薇達準備進入舞廳，但卻被門外的服務員攔了下來，「小姐，很抱歉這不是妳該來的地方。」服務員雖有禮貌的說，但看得出來眼神中帶著一絲輕蔑。薇達為此感到十分惱火，但馬上地，她明白了，現在的自己已經不是當初華貴的模樣。

她將身子縮了回去，退後好幾步，她對於這樣的落差感到震驚，同時也感到羞愧，她知道，一切都因為她沒有穿著美麗的衣裳。

沒有了外表，就失去一切。這是她深深的感觸。

於是，她只能等在門口，直到史律師出來，她相信他一定認得出她的。

時間愈來愈晚，薇達感到又餓又累，但身為萬人迷的自信讓她相信，只要等到人，今晚甚至日後的生活及落腳處，都將沒有問題。

終於，史律師出來了，薇達開心的迎了上去。

就在那短短的幾秒鐘，史律師身後也走出一個女人，迅速的挽著他的臂膀，親密的站在舞廳前等著門房將他們的車子開過來。

薇達看到了，她看得很清楚，史律師看著那女人的眼神，和當初看著自己時是一模一樣。但她不甘心，認為史律師只是一時被迷惑了，何況，自己失蹤了那麼久，史律師一定是因為太傷心，才找了一個替代她的女人。

她慢慢走近，帶著她一貫的信心。

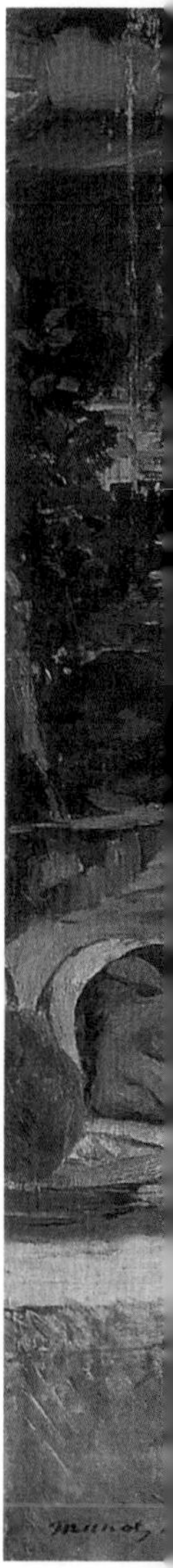

經過史律師眼前時，薇達與他對望了幾秒，幾秒後，薇達的自信心幾乎要潰決，因為她不僅無法從史律師眼中讀到狂熱，甚至連一絲絲起伏，都看不到。她不想承認，她的上流社會朋友，愛慕者，真的已經不認得她了。

「我不信。」從沒有遇過這樣狀況的薇達，選擇了自欺。

「無論如何，我得再試試，不能就這樣輕易放棄。」她從沮喪中再度抬起頭，恢復了往日那個高傲的薇達。

她猛然想起了牙醫芬克，那個曾送過她手鐲，跟她求婚上百遍的男人，「他總不會不知道我是誰了吧！」

薇達簡單梳理了一下頭髮，拉整了衣服，便往牙醫芬克的診所找人去。她開心的走上樓梯，打開診療室的門，希望芬克一看到她就來個大大的擁抱。

「二十五個盧布對他來說，只是個小意思，有了這些錢，我就可以把自己妝扮成原來的樣子，進出羅曼舞廳，尋回我那些男友們。」她得意的想。

「妳和醫生約好時間了嗎？」突然一個女人的聲音從角落傳來，原來是診所裡的女僕。

「我……」薇達沒想到自己被當成了病患。想要解釋又怕女僕不信——眼前這個穿著寒傖的女人，就是他主人朝思暮想的情人。如果等會兒被她轟出大門，這下更沒機會遇到芬克了。

「是的。」她決定扯謊。

不過當薇達這麼回答時，馬上又後悔了，如果芬克出來時女僕還不走，豈不讓她知道自己說謊，而且……還是來借錢的。

但就是這麼不湊巧，女僕就是沒有要離開的意思，過了五分鐘，一個臉頰微圓，身形高大的男人從裡頭走出來，薇達一看就認出了是芬克，只不過他比幾個月前要胖了一些。

薇達起身對著他微笑，這微笑，在她入院之前是從未有過的，因為她每次一看到芬克，總是從心裡感到厭惡，覺得這男人配不上自己，尤其是那凸起的肚子，一看就令人不悅。

但現在不一樣了，眼前的芬克很有可能，會是幫助自己重新開始的重要人物呢。她十分樂意與他見面，即便是共進晚餐，也都是可以忍受的了。

「有什麼事嗎？哪裡不舒服？」

芬克看也沒看她一眼，忙著整理桌上的檔案。薇達想開口提醒他，卻又礙於身旁的女僕。

「我能為妳效勞嗎？」終於，芬克肯看她了，但口氣卻是明顯的不耐。她眨眨眼，期待下一秒芬克驚喜的聲音。芬克奇怪的看著她：

「有……什麼不對勁嗎？」

薇達漲紅了臉，發現芬克和史律師一樣，竟然都認不出眼前的女人，就是他們追求的對象。她不知該如何是好，但面對芬克的眼神，薇達只好結結巴巴的說：

「我……我牙痛。」

她突然想起自己有一顆蛀牙，於是張大了嘴，要芬克替她看看。

「哪個位置？」芬克拿起了工具，靠近薇達。

「在右邊，後面一點。」

她的嘴被拉開，整個臉不成樣子，這下更沒人可以認出是薇達本人了。

「再開一點，妳這樣我怎麼替妳看病呀！」

芬克極度的不耐，說話也大聲了起來，他試著找出那顆牙，用一個尖銳的工具戳了一下。

「啊！痛呀。」她忍不住叫了出來。

即使在劇痛中，薇達仍在想著：「我該提醒他一下嗎？」

芬克突然站了起來，告訴她：

「這顆牙是沒什麼用處了，與其挖掉蛀牙的地方再填平，不如拔掉比較快。」

薇達不知該說什麼才好，還沒回答，芬克又低下頭在她嘴裡剔挖了好一陣子，繞著那顆牙塗抹著許多東西，突然間，一陣強烈的疼痛衝上薇達腦門，她哼了一聲……用力推開芬克。

「好了，就是這玩意兒在整妳。」

他伸出手，那染有菸漬的手指頭上，全沾滿了血，一顆不整齊的牙齒就這麼捏在芬克的手上。

女僕走了過來，拿著小盤子接下了這顆牙。

「回到家裡，記得用冷水漱口，先別吃熱的東西。」芬克轉身，毫無情緒的交代著：「別擔心流血，馬上就會停的。」

薇達錯愕地坐在原地，她被剛剛的事嚇壞了，從一踏進這診所，壓根沒想到自己會被拔掉一顆牙齒，尤其是在這麼血淋淋的狀態下。

「可以了。」芬克用一種送客的口氣說話，轉身就走到門邊：

「如果還有什麼樣的問題，再過來讓我看看。」

「喔……那，再見了。」薇達像失了魂一樣，沒有意識的往門外走。

「小姐，您似乎忘了付錢了吧？」芬克提到錢這個字時，露出了微笑。

「喔，是的，我……忘了。」

像是突然記起什麼似的，薇達從口袋裡取出她僅有的一枚盧布，交到女僕手上，逃也似的離開。

走在街上，薇達又累又氣，同時，她也漸漸明瞭自己的處境，沒有人記得她的，除非她再次光鮮的出現，「這些男人！」她忍不住咒罵起來。

她往路邊吐了一口污血，那是剛剛拔完牙還沒止住的。

「多可怕呀！這就是我明天以後的生活嗎？我一生都得在沒有闊邊帽、沒有流行短上衣，沒有金色高跟鞋，以及沒有愛慕者的世界裡生存下去嗎？」

她覺得自己再也忍不下去。經過一家時髦的服飾店，她緊貼著櫥窗看去，裡頭擺設的衣物令她目眩神迷，特別是那雙金色鞋子，那是往日她輕而易舉就擁有，如今丟了一顆牙也換不到的。

裡頭的店員並沒有察覺到，店外頭一雙迷戀的眼神，貪婪地鎖定著這些華服名鞋，此時，店員拉開了通往倉庫的小門，進到店後頭去了。

「不可以，絕不能有這種念頭。」薇達搖搖頭，要自己清醒一點，理智一點。

「啊，多麼美麗的當季款式，我已經錯過一季，都在醫院裡度過，怎麼可以再錯過一次呢？」她忍不住自言自語起來。

那些美麗的小東西，就像魔鬼一樣，召喚著薇達。

第二天，薇達再度復出，她穿著大紅的裙子，俏麗短上衣，以及金色鞋子走進了羅曼舞廳。她嬌媚的坐著，像沒發生過什麼事一般，周旋在紳士名媛裡，此時，一個男人靠近了。

「嗨，薇達，這陣子妳跑去哪裡啦？」

說話的人正是芬克。

她嚇了一跳，又往後退了幾步，突然，她轉過神，看看自己身上的衣服，知道一切又回來了。

面對芬克的熱情，薇達拉下了臉，甩頭便離去。

很快地，有位年輕商人也注意到她了，靠近她並與她攀談。這一次，薇達知道，翻身的機會來了，自己得好好掌握住，絕對不會搞砸了。

曼娟私語

別人到底是用什麼方式看待我們？我們又是用著什麼方式看待自己呢？外表與衣著，真的是最容易為人貼上標籤的吧？當女性無法經濟獨立時，只能倚靠美貌與交際手腕，在男人堆裡混出個響亮的名號，獲取他們的情感，進而得到優渥的生活。

薇達就是這樣的，在她穿著華服，進出高級舞廳時，多少男人圍繞在她的石榴裙下，願意供她差遣。當她在與人交往的過程中受到挫折，遇到一個感情的騙子，人財兩失，從雲端跌入泥沼

中，才發現許多人都是認衣不認人的。

她抱著極大希望去找史律師，沒想到人家已另結新歡了，對她視而不見。她只好退而求其次，去找一直被她嫌棄的牙醫芬克，期望能借點錢翻身。牙醫只把她當成一般病人，還替她拔下一顆蛀牙，收取費用之後，薇達真的一文不名了。

她的「寄生上流」之夢一再受挫，只好幹起了偷竊的勾當。當她再度穿上華服，配上夢寐以求的金色高跟鞋，重返社交圈搖身一變又成了名媛。原本認不出她的牙醫殷勤的過來打招呼，而下一個目標又出現在薇達眼前，她的下一場「寄生上流」的夢想，再度啟動了。

在這樣的循環中，不管是薇達失敗或者成功，看起來都覺得悲哀。

想一想 得到更多

A

認識一個新朋友的時候，哪個部分是最吸引你的？是他的外表還是聲音？是她的談吐還是舉止？

你覺得自己最有吸引力的部分為何？

B

當你看到很想擁有的東西，卻還沒有能力獲得，你會怎麼辦呢？

你有過「求之而不可得」的經驗嗎？你認為那樣的渴望，是有害或是有益的？

帶馬味的名字

Anton P. Chekhov

「哎唷！」退休將軍亞力沙的宅第傳來一陣嚎叫。

「忍一下，一下就過去了！」

將軍夫人拿了一球棉花，試圖要塞進將軍的嘴裡。

「痛死我了！」將軍痛苦地呻吟：「我再也受不了了！去！去把醫生找來！」

原來，將軍有顆蛀牙一直沒有處理，現在爛到根部，不但痛到吃不下東西，連臉頰都腫了起來。將軍夫人試過了各種方法替他止痛：用白蘭地漱口、敷鴉片、搽碘酒……但是，一點效果也沒有。

平時雄壯威武的將軍成了一隻病貓，宅第上上下下都十分緊張，將軍夫人、孩子們、傭人、長工……每個人都想盡方法拿出自認為有效的偏方，希望可以減輕將軍的牙疼。但是，所有的偏方都試過了，還是無法解決將軍的問題，將軍夫人只好把醫生請來家裡了。

醫生來了以後，替將軍仔細地檢查一回。

「這牙已經全壞了，不拔掉不行。」醫生說。

「拔牙？」將軍張大了眼睛，開始搖起頭來，緊張地拒絕：

「不行不行不行，這肯定不行！」

將軍跑進了房裡躲起來，說什麼也不肯開門了。醫生沒辦法，只能開些止痛藥給他。

一開始，將軍如獲至寶，趕緊吃下止痛藥，讓他的牙疼可以稍稍減輕，但是，很快的，將軍發現止痛藥治標不治本，藥效一旦過去，就會痛得更厲害。這下子，將軍嚎叫得更慘烈了，宅第上上下下又再度緊張起來，每個人也紛紛回家找自己的祖傳祕方，或是向街坊鄰居請教，希望可以治癒將軍的壞牙。很多人知道了將軍的事，也熱心地跑到宅第來提供各式各樣的方法；一時間，「將軍的牙好了沒？」成了小鎮上的熱門話題，大家議論紛紛。

這天，管家伊凡來到將軍面前，說他想到一個好法子。

「主人，我們這裡曾經有個名叫耶可夫的稅吏，聽說他很會使用符咒魔法替別人治療牙痛。只要他走過來小小聲唸一段咒語，再吐個口水什麼的，就可以把牙痛趕出病人的身體。很多人跟我說，他們親眼看過耶可夫替人治病，真的是『咒到病除』耶。」

伊凡得意地跟主人炫耀自己打聽到的消息，他要讓主人知道，他這個管家才是全家上上下下最關心主人、也最有用處的僕人。

「那他現在人在哪裡？」

憂心多日的將軍夫人現在看起來開心極了，她多希望自己的丈夫可以趕快好起來啊。

「他後來辭去了稅吏的職務，搬到沙拉托夫跟他丈母娘一家人住在一起。現在他專門替人治牙病，不管什麼人的病牙，他保證一看就好。很多醫生看不好的，他也一看就好，真的十分神奇啊。」伊凡愈說愈興奮：「而且，他不只可以幫本地人看牙，還可以幫外地人看牙耶。只要發個電報給他，告訴他誰誰誰嘴中的哪顆是病牙，請他看在天主的分上幫忙看看，他就會施符咒替這些外地人治療。我打聽過了，費用只要匯給他就可以了。」

「胡說八道！這是騙術，你們難道看不出來嗎？」即使痛得受不了，將軍還是不改他的火爆脾氣：「他根本就是要錢，哪管你的牙治不治得好啊！」

伊凡有些愣住了。這跟他想的不一樣，他沒有想到會遭到拒絕，他以為主人會褒獎他的……

將軍氣呼呼地坐在椅子上，手還摀住臉頰，呻吟了幾聲。

「主、主人，為什麼不試試呢？」伊凡還是決定開口說服將軍：

「只要發個電報，匯一筆款子，就能解決你的問題。大家都說他真的具有法力啊，還有人告訴我，說他們的牙疼就是這樣被治好的。將軍，我們不妨試試。」

「是啊，亞力沙，我們就嘗試看看吧。」將軍夫人也開口懇求：「我知道你不相信符咒，但很多人身上的病痛都是被符咒治好的，我也有過這樣的經驗，被一道符咒治好了頭痛。就算你真的不肯相信，也聽聽別人的經驗啊。況且，這麼多偏方你都試過了，多這一項，我想也不會有什麼損失的，是不是？」

「是這樣嗎？」在牙疼的折磨下，將軍的態度終於軟化了：「好吧好吧，哎唷，這該死的牙疼讓我一秒鐘也忍受不住了，就試試吧，就試試吧。我就來發電報給那個騙子！他最好是真的會治牙痛，否則看我怎麼整治他！」

將軍耐著性子在書桌前坐下，提起筆來準備要寫電報。

伊凡因為被主人肯定而喜上眉梢，他趕緊湊近主人的書桌，畢恭畢敬地為主人放好紙筆。

「伊凡，你說那個稅吏住在哪裡？要發電報寄到什麼地方給他？啊？」

「主人，在沙拉托夫，連狗都認識他啊。」伊凡說：

「你只要寄到沙拉托夫就可以了。」

「那他的名字咧？至少要寫上他的名字吧？」將軍問。

「當然當然，只要寫上他的名字，寄到沙拉托夫，他就一定會收得到了。」

伊凡得意地說：「你就寫給『耶可夫．巴西里奇．……』，巴西里奇……」

「然後咧？總要有個姓吧？」將軍痛得連寫下的字都在顫抖。「啊？」

「巴西里奇，巴西里奇……」伊凡得意的臉突然僵住了。

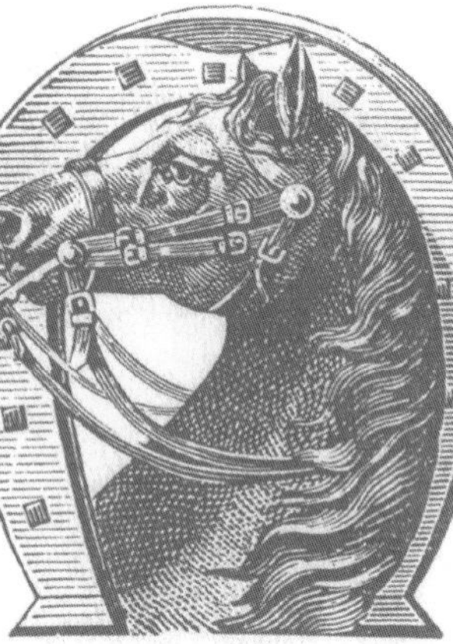

「我知道巴西里奇，我問的是他的姓？他姓什麼？你快說啊！」

「巴西里奇……我的媽呀，巴西里奇姓什麼啊？」伊凡慌張了起來。

「我剛一路上一直唸著他的名字啊，巴西里奇，該死，巴西里奇再來要接什麼？主人，請等一下，我想想，想想……」

伊凡望著天花板唸唸有詞，將軍和夫人在一旁耐心等待著。但是，三分鐘、五分鐘過去了，十分鐘、二十分鐘過去了，伊凡還在想。

「喂喂喂，你到底有沒有在想啊？啊？」將軍說：「我都快痛死了啊！」

「主人主人，我知道我知道，我在想我在想，巴西里奇，巴西里奇，耶可夫·巴西里奇……奇怪，我怎麼可能忘掉？那明明是一個很普通的姓啊，很普通的、帶著馬味的姓，究竟是什麼來的？馬瑞維奇？駒托洛夫斯基？不對不對啊，還有什麼姓跟馬有關？難道是有個馬邊的字嗎？我想想，我想想，主人，請再給我幾分鐘。」

「駒托碧尼可夫？」將軍也幫忙想帶馬味的名字。

「不是不是，一點也不像……等等，難道是馬連諾夫斯基？也不對啊，怎麼沒有一個對的。」

「那你要我怎麼發電報？快想啊！哎唷！疼死我了。」

「主人，請你再忍忍，再忍忍啊。」

「是騾可夫嗎？」將軍夫人也動腦筋幫忙想著。

「不對不對，到底是什麼？我實在記不得啊！」

「你是不長腦袋的嗎？還是存心整我？你不記得他的名字，那你來這裡做什麼？啊？」將軍再也忍不住了：「你給我滾！給我滾出去！」

伊凡這才心不甘情不願地走出將軍房間。

將軍用手緊緊抱著臉頰，痛苦萬分地在房裡走來走去，他只能一直走一直走，期望有個奇蹟出現，那折磨人的牙疼可以突然停住。

「我的天啊，」將軍呻吟著：「我這輩子就這樣完了嗎？」

伊凡站在院子裡，繼續喃喃自語著，他試圖要喚醒沉睡了的記憶，記起那個平庸的姓氏。

「不對，不對，怎麼都不對！今天真不是我的日子啊。」

將軍什麼事也不能做，只好又把伊凡叫回來。

「怎麼樣？你到底是想到沒？」將軍問。

「主人，我、我還在想……」伊凡囁嚅地說。

整個將軍宅第上上下下開始比賽創造「帶馬味的名字」。

他們想著各種年齡的馬，雄馬、雌馬、小馬，就連馬鬃、馬蹄、馬鞍、馬具、馬槽、馬廄都一一想過了。一時間，整個將軍宅第都安靜下來，屋子裡、院子裡、廚房裡、這裡到那裡，全是踱步的人們，努力在想著一個跟馬相關的姓氏。

伊凡再次被叫進屋裡。

「你說，是不是駙分恩？啊？」將軍的聲音愈來愈小了。

「不是不是，」伊凡一邊回答，一邊想：「也不是小駒樂賓啊！」

「爸爸！」將軍兒子在隔壁房裡喊著：「是馬勒嗎？」

當然，也不是。

整個將軍宅第被這件事搞得心神不寧，沒有人有心情做事。將軍實在痛到受不了了，把這個稅吏當成了救世主；他一聲令下，想起這稅吏姓氏的可得賞金，大夥兒全跟在伊凡後面，希望一想起什麼，就可以得到伊凡的驗證。

天黑以後，那個帶馬味的名字始終沒有被想起來。將軍痛得更厲害了，根本無法闔眼，整晚踱步、呻吟，天還沒亮，他就跑去敲伊凡的門。

「是闍馬丁哥波斯基嗎？」將軍落下了一滴眼淚。

「主人，我真的很抱歉，」伊凡滿懷歉意地說：「但不是這個姓。」

「我看根本跟馬沒關係吧？」

「主人，我敢發誓，那是一個帶馬味的姓氏。」伊凡對自己的記憶還是有那麼一點信心。

「你這個健忘的傢伙！你難道不知道這個名字對我很重要嗎？你難道不知道我快要被折磨死了嗎？」

早上，將軍實在是筋疲力盡了，他想，反正伸頭一刀、縮頭也是一刀，就把醫生找來拔牙了。

醫生來了，動作迅速地把那個壞牙拔了出來。

「你看你看，連牙根都蛀光了，還不拔。」醫生說。

將軍含著眼淚看著那顆折磨人的牙，恨不得把它碎屍萬段。

不一會兒，將軍發現，那磨人的疼竟然憑空消失了！他高興極了，給了醫生一筆豐厚的酬勞，再三感謝，再請馬車把醫生送回去。

終於，將軍可以躺下來，好好休息了。

醫生坐著馬車經過大門口的時候，遇見了管家伊凡，他站在樹下全心全意地盯著地上看，他臉上爬滿了皺紋，眼睛瞇到快看不見了，他捉著自己的頭髮，只差沒把整個頭拔下來。

「我的媽啊，他到底姓什麼啊？」

「伊凡！」醫生喊他：「你還有沒有燕麥啊？我可以跟你買一些嗎？你們家的燕麥質量真是好啊！」

伊凡兩眼無神地望著醫生。他看了好一會兒，開始狂笑起來，然後像個

瘋子一樣拔腿飛奔，往屋裡跑，留下馬車上摸不著頭緒的醫生。

「主人！我的主人！」伊凡邊跑邊叫，聲音因為興奮而變了音調。「主人啊，我記起來了，我真的記起來了，真是謝謝醫生的提醒啊，主人！主人！」

整個將軍宅第的人都聽見了，並且跟在伊凡後面跑，他們也想知道，稅吏那個帶馬味的名字，究竟是什麼？

「主人，」伊凡飛快地跑進主人的房間。「快，快發電報，他叫『麥佐夫』，主人，我確定他的名字是『耶可夫．巴西里奇．麥佐夫』！」

「麥！麥你個頭！你完蛋了！」剛睡下去的將軍爬了起來，指著伊凡的鼻子大罵：「我再也不需要這個帶馬味的名字了，我告訴你！你被開除了！」

曼娟私語

常聽人說：「牙痛不是病，痛起來要人命。」真是道盡了為牙痛所苦的心情。讀著這個故事，感到詼諧的趣味，描寫將軍難以忍受的牙痛，是多麼折磨著他的身體與心智。

當管家說出用符咒就可以治牙痛的法術時，將軍起先是堅決不相信的，還斥為荒唐的迷信，然而，一陣陣難以忍受的牙疼，讓他終於屈服了，甚至相信這是他唯一的救贖。

將軍迫不及待發電報去求助，管家卻突然想不起來對方的姓氏了。這就是小說中的轉折，能引起更多懸念，更多的情節。像

是全家上下老小，都跟在管家身後，拚命的思索著一個「帶馬味的名字」，那樣荒謬的畫面，令人忍俊不住。

將軍的心路歷程也很真實，原本，他那麼堅定的不肯拔牙，歷經一番折騰後，還是得讓醫生拔出那顆已經爛到牙根的蛀牙。也就在拔掉牙齒的瞬間，他的牙疼立刻消失了。早知如此，在醫生的確診下，立即將蛀牙拔除，不是可以免除那麼長久的痛苦嗎？

當一切結束之後才發現，原來，大家苦苦思索的那個名字，跟馬一點關係也沒有。

想一想 得到更多

A

面對挫折或痛苦時，有人選擇迎上前去，勇敢面對並解決；有人選擇逃避拖延，希望問題自然消失。你會選擇前者或後者？還是有其他不同的選擇？

B

當你出於好意給別人建議時，會憑著一時衝動？還是會先深思熟慮再行動？如果別人不接受你的建議，你會怎麼做？

變色龍

Anton P. Chekhov

奧楚梅洛夫警官穿著嶄新的軍大衣，提著小包，穿過市集廣場。大步跟在他身後、雙手捧著滿滿一籮筐沒收來的醋栗的人，是個棕髮警員。四周一片寂靜，廣場上一個人都沒有，連乞丐也不見蹤影。店鋪和酒館的大門都敞開著，彷彿是一張張飢餓的大嘴，沮喪的面對這個世界。

「可惡的東西！你竟敢咬人。別讓牠跑了！現在規定不准咬人！抓住牠！哎喲！哎喲！」

奧楚梅洛夫忽然聽到有人大聲叫嚷。同時，傳來狗的哀叫聲。

他望向聲音的方向，只見一隻狗死命的從商人畢丘金的木柴場裡竄出，雖然跛著一條腿，但還是用其他三條腿拚命的往前跑，邊跑還邊害怕的回頭。這時一個穿花襯衫和開襟坎肩的人追了出來，他往前一撲，緊緊抓住了狗的兩條後腿，瞬間，狗的慘叫聲和人的叫喊聲再次響起，「別讓牠跑了！」一張張充滿睡意的臉從店鋪裡探出來，沒多久，木柴場門口便聚集了一群人，一個個像是從地底鑽出來的。

「長官！好像出事了。」警員說。

奧楚梅洛夫左轉走向聚攏的人群。在木柴場門口，他看見那位穿花襯衫的人，舉著一根血淋淋的手指頭給大家看，激動又帶著醉意的臉忿忿的說：「壞蛋！我一定要扒掉你的皮。」而高舉的那根手指頭就像是勝利的紅旗。

奧楚梅洛夫認出這個人是首飾金匠赫留金，而被圍困在人群中的，正是這場混亂的罪魁禍首——背上有塊黃色斑紋的白色小獵犬。牠趴在地上，兩條前腿叉開，全身忍不住的顫抖，尖尖小臉上泛著淚光的眼睛裡，充滿痛苦和恐懼。

「發生什麼事？」奧楚梅洛夫擠進人群問：「你們在這裡幹嘛？你為什麼舉著手指頭？剛才是誰在大叫？」

「長官，我只是路過，沒有招惹誰……」赫留金一邊說，一邊用拳頭捂著嘴咳嗽，「我正在跟米特里談買賣木柴的事，突然，這畜生無緣無故就咬了我。說實話，我是一個做工的人，還是做細工的人，而現在這個樣子，我可能一個星期都不能動手指頭。他們得賠償我一筆錢才行。長官，法律上也沒有哪條法令說人要忍受被畜生咬……若是每個人都被狗咬的話，那乾脆不要活了。」

「咳。」奧楚梅洛夫皺著眉頭咳了幾聲，然後嚴肅地說：「好！這是誰家的狗？這事我不能不管，我要讓隨意放狗咬人的人看看，那些不遵守法令的大爺們，現在該被管一管了。等到這個混蛋被罰錢，他才會知道把狗和其他牲畜放出來亂跑，會有什麼下場！我一定要給他顏色瞧瞧。葉爾德林！」警官轉頭對警員說：「你去打聽一下這是誰家的狗，再來跟我報告。牠是一隻瘋狗，必須立刻殺掉！我先問你們，這是誰家的狗？」

「好像是日加洛夫將軍家的！」人群中有人說話了。

「日加洛夫將軍家的？嗯，葉爾德林……先把我身上的大衣脫下來，天氣怎麼這麼熱！大概要下雨了。只是，我有一點不明白，牠怎麼會咬你？」奧楚梅洛夫說著，轉身問赫留金：「牠搆得著你的手指嗎？牠那麼小一隻，而你是一個彪形大漢！你一定是用釘子把自己的手指紮破，然後想出這一招來敲詐勒索。誰都知道你是什麼樣的人，我很清楚你們這些鬼把戲！」

「長官，他為了尋開心，故意用香菸戳小狗的臉，而小狗也是不好惹的，就反咬他一口。長官，這個人喜歡胡說八道！」突然有人說話。

「你胡說，獨眼龍！你什麼都沒看見，為什麼要胡說？長官大人是聰明人，他一定知道是誰在亂說話。說話要憑良心，像在上帝面前那樣，如果我說謊，就讓法官判我有罪。法律條文寫著，如今人人平等！如果你想知道，我告訴你，我兄弟就是憲兵……」

「少廢話！」

「不對，這不是將軍家的狗。」警員嚴正地說：「將軍家沒有這樣的狗，他家的狗都是大型獵犬。」

「你確定嗎？」

「不會錯的。長官……」

「我自己也知道。將軍家的狗都是名貴的純種狗，可是這隻狗，鬼才知道是什麼玩意！毛色不好，又長得不好……根本是雜種，將軍家會養這種狗嗎？你的腦子呢？要是這種狗出現在聖彼得堡或是莫斯科，你知道會怎麼樣嗎？他們才不管什麼法律，一下子就會把牠掐死！赫留金，你受了傷，這事我不會不管的，是時候好好教訓他們一頓……」

「不過，也有可能是將軍家的狗。」警員想了想，又開口說：「幾天前，我在他家的院子裡看過這樣一隻狗。」

「沒錯，是將軍家的！」人群裡又傳出聲音。

「哎！葉爾德林老弟，幫我穿上大衣。好像起風了，我覺得有點冷。你帶這隻狗去將軍家問一下，就說是我找到這隻狗的，派你送去，並請他們以後不要把牠放到街上，牠也許是隻很名貴的狗，如果每個豬玀都用香菸戳牠的臉，大概沒多久就會毀掉牠。狗是嬌弱的動物，而你，這個笨蛋，趕快把手放下來，用不著跟大家展覽那隻荒謬的手指！是你的錯！」

「將軍家的廚師過來了，問問他吧。喂！普羅霍爾，你過來看看這隻狗。是你們將軍的嗎？」

「啥？我們家從來就沒有這樣的狗！」

「那就不用浪費時間去問了。」奧楚梅洛夫說：「這是隻野狗！不用再多說什麼了……既然我說牠是野狗，那牠就是野狗，殺掉算了。」

「這隻狗不是將軍的，」普羅霍爾繼續說：「是將軍哥哥的狗。他來我們這兒幾天了，將軍不喜歡這種小狗，但他的哥哥喜歡……」

「他的哥哥來了？弗拉基米爾．伊萬內奇真的來了？」奧楚梅洛夫問，他的臉上洋溢著感動的笑容，「天啊！我竟然不知道！他會在這裡住一段時間嗎？」

「會的。」

「不得了啊！主啊！他想念弟弟了……而我還不知道呢。那麼，這是他的小狗了。我很高興……你把牠帶回去吧。這隻小狗真不錯，挺機伶的，咬了這傢伙的手指！哈哈。好啦。怎麼還發抖？嗚嚕……嗚嚕……這小滑頭生氣了！真是少見的小狗！」

普羅霍爾把狗叫過來，帶牠離開了。圍觀的人則對著赫留金大笑起來。

「我以後再收拾你！」奧楚梅洛夫一邊威脅著，一邊把軍大衣裹緊，穿過市集廣場，逕自走了。

曼娟私語

人與狗的公案，有些撲朔迷離，隨著狗主人究竟是誰，而出現不同的走向。

警官一出現就很有派頭，他的衣著和姿態，言談舉止，都頗具有權威性。然而，他的判斷力卻不斷見風轉舵，臉色也變化莫測，形成這篇小說中最大的諷刺趣味。

當首飾金匠赫留金被狗咬傷，警官是何等權威的要替他主持公道，甚至揚言要殺掉那隻「雜種」。可是，當他聽說這狗是將軍家的，便立刻改變態度，判定是赫留金的錯，誰讓他用香菸去

燒燙狗臉？聽將軍家的廚師指認，這不是將軍家的狗，警官再度變臉。直到廚師說出這是將軍哥哥的狗，警官終於做出判決，錯的是人，而不是狗。

人與狗的公案落幕，留下哭笑不得的赫留金和讀者。我們都明白，剛剛發生的並不是人與狗的公案，而是隨處可見的權力拉鋸戰。這種變色龍的本事，不僅是發生在警官身上，也發生在許多人身上。去看看社會上的成功人士吧，你認得出哪些人是變色龍嗎？

想一想 得到更多

A

你是否遇見過像變色龍這樣的人？你覺得成為變色龍之後，能得到什麼好處？又有什麼損失？

B

人生在世應該始終堅持立場？還是應該「識時務者為俊傑」？

只有憂傷伴著我

Anton P. Chekhov

暮色昏暗的天空，緩緩地降下了輕盈的雪花。雪花隨風旋轉著，落在方才點亮的老街燈上；落在老屋檐上；落在來往路人的大衣和帽子上；也落在被凍到懶洋洋的馬匹身上，堆成一層蓬鬆的積雪。

夜幕低垂以後，氣溫驟降，街上只剩下零星的路人，有時候甚至根本空無一人，街景顯得有些寂涼。若不是空盪盪的街道此刻還飄揚著白雪，幾乎會以為這是一張靜止的風景畫。

出租馬車的車夫艾俄納和他賴以維生的一匹小馬，正縮在一個風勢微弱的街角避寒。艾俄納靜靜地瑟縮在馬車的駕駛座上，他的臉被凍得好蒼白，像是個沒有血色的鬼魂。雖然一個客人也沒有，但他仍然十分敬業地坐在他的崗位上守候，不因為愈來愈強的雪勢而怠慢了工作。倘若所有的雪都落在他的身上，恐怕他也不覺得需要將它們抖落吧。艾俄納的小馬同樣也被凍得發白了，可是大約看見主人是如此的專注，所以也只好溫馴地站著，動也不

動。

這匹小馬其實並不是真的很小，事實上，牠的身形並不瘦小，而是牠看起來骨瘦如柴，就是一副營養不良的模樣。牠靜靜站著的時候，從遠一點的角度看來，簡直覺得牠的雙腳細長得像是菜市場販賣的廉價薑餅——不只單薄無料，並且輕輕一折就斷。彷彿是學習著主人一樣，小馬半闔著眼，低著頭，似乎亦陷入沉思。

過了很久，艾俄納和他的小馬都佇立在原地沒有移動。時間一點一滴流逝，氣溫降得更低，天空愈來愈黯沉，老街燈的光芒反而顯得明亮了。「喂！那邊！你，就是你，駕車的！」忽然間，艾俄納聽到有人喚他。

他驚醒似的趕緊轉頭尋找聲源，小馬也跟著一起轉頭。他從沾著雪花的眼睫毛縫隙中瞥見一位身穿大衣的軍官。艾俄納與他四目交會時，因為那個人只是靜靜站著，不發一語，所以艾俄納有一度懷疑這一切只是自己的幻聽罷了。直到那個軍官當著他的面再度喚他時，他才確認自己真的有生意上門了。

「維波葛！」軍官對艾俄納喊叫著：「你睡著了嗎？做不做生意啊？你快點過來，我要去維波葛！」

為了表示已經聽見了，艾俄納立刻拉動馬上的韁繩。他的手一揮動，堆積在馬背上和他肩膀上的雪花霎時飛揚起來。

軍官上了馬車坐下來以後，艾俄納展現他的專業和老練，像天鵝一樣伸長脖子，扭啊扭的，然後沒什麼理由地抬抬屁股，最後發出一陣清喉嚨的聲響。他的小馬十分配合主人，聽見主人清喉嚨的聲音以後，立刻也伸伸頸子並且原地踢了踢牠細瘦的馬腳。艾俄納揮起手中的鞭子，小馬旋即開步向前行。

馬車起步不久之後，在某一個轉角，另一輛馬車突然轉彎，差點要撞上了艾俄納的車。沒想到，這輛馬車的車夫先下手為強，怒聲斥責著艾俄納：

「你搞什麼鬼？往哪個鬼地方開啊你！笨蛋！」

艾俄納尚未來得及回應，坐在他身後的軍官立刻憤怒地叫罵：

「看你一副蠢樣子，誰都知道你才是笨蛋！你應該靠右邊啊！」

坦白說，艾俄納被軍官的態度嚇了一跳。如果軍官沒有回應，他想，以他的個性來說，大概賠個不是也就算了，沒必要發這麼大的脾氣。

馬車繼續前行。又一個轉角，一個橫越馬路的老婦人沒有注意到馬車，差點被撞到。艾俄納猛地拉緊韁繩煞車。他原本想向老婦人道歉，覺得自己應該在這個行人往來頻繁的路口放慢速度的，怎料，他身後的軍官再度搶先開口。

「你以為在自己家散步嗎？這裡是馬路，你走路不看路嗎？」

老婦人被嚇得不敢吭聲，趕緊掉頭離開。

艾俄納其實也被嚇得不敢吭聲，他想，他竟然載到了一個流氓啊。可是此刻，他也只能保持沉默。他在駕駛座上如坐針氈，伸出臂膀抽動韁繩，眼珠子轉啊轉的，因為太緊張的緣故，有一刻他甚至不清楚自己身在何方，也不知道為什麼他一定要接這筆生意。

「他們都是惡棍流氓！」軍官忽然大笑說道。

「啊？」艾俄納困惑地。

「他們啊，我說的是剛剛那些欠罵的人，全是惡棍流氓。走路不看路，想害我們把他們給撞死。他們死了我是一點也無所謂，但撞死他們，我們可

得有牢獄之災的。自己想死還要害人，可惡！」

軍官荒謬的論點令艾俄納更加惶恐了。他起初將頭轉向軍官，動了一下嘴唇，好似要說什麼話，但最後他所發出的聲音僅是一陣嘶啞的咳嗽。

「你怎麼啦，車夫？」軍官問。

艾俄納皺起眉頭，嘴唇抿出一道勉強的微笑。軍官口中這句隨口問問的敷衍話語，竟忽然扭開了一道艾俄納心中的鎖。他彷彿等待某個人向他問候這句話，已經暗暗期待了許久，恐怕連該怎麼回答也演練過許多回。

他清了清喉嚨，提高嗓門，慎重其事地對軍官說：

「先生，我的兒子這個星期剛過世。」

「喔？他生什麼病死的？」軍官東張西望地問。

艾俄納將身子緩緩側向軍官，好方便和軍官說話。

「誰知道呢？他們說是某種傳染病？他進醫院才三天就死了。唉！恐怕是上天的旨意吧。」

艾俄納語畢，正準備聆聽軍官表達遺憾的反應時，軍官卻大吼：

「過去！你這該死的老頭子！瞎了眼睛嗎？」

一名老先生拖著蹣跚的腳步，被軍官突如其來的吼叫嚇得失魂落魄。顯然艾俄納也是受到了驚嚇，本以為軍官會針對他兒子的事情做出更多安慰的回應，結果冒出來的話卻是對於路人的怒斥。他必須坦承，此刻他心中是有點失落的。

「車夫，你恍神啦？繼續走啊，」軍官察覺艾俄納的不對勁，說：「照這樣的速度，幾百年也到不了。你再鞭鞭牠吧！」

艾俄納再次挪移一下身子，抬抬屁股，舉起手，猛抽鞭子。他緩緩地回過頭看了一眼軍官，軍官閉著雙眼，一點也沒有想聽他說話的樣子。

就這樣，他保持沉默地駕馭著馬車，而軍官也始終不發一語，緊閉著雙眼，不知道過了多久，終於抵達了目的地維波葛。

軍官下車之後，艾俄納在一間酒館前停下來。他恢復了先前等候客人時的姿態，在寒風中靜靜地坐在駕駛座上緊縮著身子。時間一分一秒流逝，白花花的雪片又開始堆積在小馬和艾俄納的身上。

幾個鐘頭以後，人行道上傳來鞋子沉重擊地的聲響。有三個年輕人，其中兩個人的身子高高瘦瘦的，另一個矮小駝背，他們一邊爭執著一邊走過來。接近艾俄納的時候，那個矮小的男人用他沙啞的嗓子喊叫著：

「車夫！去橋頭！我們三個人，二十戈比，去不去？」

二十戈比的價錢對艾俄納來說當然是不公道的，不過他已經不在乎了，不管多少錢都無所謂，只要有乘客就行。這三個年輕人依然喧囂著，相互推擠湧上馬車的座位。因為座位不夠，他們爭先恐後地爭執著，哪兩位應該坐下來，誰又該站著。經過一連串的吵雜之後，他們終於決定由矮子站著。

「為什麼偏偏是我站著呢？」矮子發出不平之鳴。

「哈哈！因為你站著，看起來跟我們坐著一般高！」另外兩個人取笑他。

「好吧、好吧，就這樣吧。」矮子無奈地說。

他站到屬於他的位置上去，然後在艾俄納的背後呼著氣，趾高氣昂地說：

「走呀！車夫！你戴著這麼一頂滑稽的帽子，全彼得堡都不可能找到比這更糟糕的帽子啦！」

艾俄納笑起來，自嘲地說：「呵呵，對啊，這的確是頂可笑的帽子。」

「好了好了，你戴什麼帽子，干我們啥事？快點啊，快把我們載到要去的地方。你打算用這種烏龜的速度走完全程嗎？老天啊！」

其中一個高個子說道。語畢，另外一位高個子忽然說：

「我的頭好痛！昨天在杜庫馬索夫家，瓦斯科跟我一共喝了四瓶白蘭地。」

「你說謊！」身旁的朋友馬上反駁他，說：「你像隻豬玀一樣撒謊！」

「我說真的，我沒騙你！我真的一口氣跟他喝下四瓶白蘭地。我要是說謊，就被馬給踩死！」

「哈，太沒誠意了。你現在就坐在馬上，怎麼樣也不會被馬踩死。」

「好吧，要是我說謊，我就會落魄到當車夫，而且啊，駕的馬比我們現在乘坐的這匹還要來得瘦弱。」他重新發誓。

「你乾脆拉一台烏龜車算了！哈哈！」他的兩位朋友瞎起鬨。

艾俄納為了表現出自己也融入了他們，雖然明明心中覺得有些受傷，但仍強顏歡笑，附和著說：「真風趣的紳士們。」

「呸！你見鬼啊？我們要是紳士，你就是貴族啦？」矮子不莊重地喊著：

「你這該死的老笨蛋！還不趕快？你這叫作駕車嗎？該死的，快用鞭子鞭馬啊快點，你這老鬼，趕快抽牠，叫牠跑快點！」

艾俄納的背脊一陣涼。他可以感覺到矮子說話時扭曲不平的姿態。他聽到那些對他惡意的攻擊，然後看見路上來往的人群，一股強烈的孤寂感湧上心頭。矮子跟他的朋友繼續進行毫無建設性的瘋言瘋語，不時對路人發出難聽的批評，當然也不忘記罵艾俄納，嫌他跟他的馬一樣老。直到他們幾乎把咒罵人家祖宗八代的詞語都用盡了，他們才稍微停歇。

不久，那兩個高個子開始談論起另外一個對象，說了一會兒，很快就停止了這個話題。艾俄納回頭看看他們，彷彿找到他們談話的空檔，喃喃自語地說：

「嗯，我的兒子死了。他在上個星期死的。」

「哪裡不死人？誰不會死？」矮子聽了，嘆口氣說道，然後又開口：

「喂！不要慢下來啊！繼續趕路。你想要我們永遠都到不了嗎？」

「對啊，再鞭牠幾下吧！」高個子吆喝著。

「車夫，你聽見了沒有啊？」另一個人更不客氣了，他跟著罵：

「老頭，你要是不鞭打你的馬，那麼只好讓你來代替牠囉？我們可不願意主動鞭打老人呀。我懷疑你是不是瞧不起我們？把我們說的話全當成耳邊風嗎？」話一說完，艾俄納似乎真的感覺到他的頸子被人拍打了一下。身後的三個人狂笑起來，一副天不怕地不怕的狂妄模樣。

「車夫，你結婚了嗎？」高個子問道。

「問我結婚了沒？呵呵。我有一個老婆和一小塊地。呵呵，再沒有別的了，只有等進了墳墓，大概還能再擁有一塊墓碑吧。我兒子已經死了，我自己倒是苟延殘喘地活著。可悲啊，死神找錯了對象。祂不來找我，卻找上我兒子。」

艾俄納轉過頭來，準備要告訴他們兒子到底怎麼死的，這時候那個矮子不耐地吐了口氣，說：「感謝老天，我們到了！」

拿著二十戈比，艾俄納靜靜地看著這三個瘋瘋癲癲的年輕人離開馬車，緩緩消失在遠方的街角。他再度孤獨一人了，空虛像螞蟻一樣爬滿他的心房。

原以為能夠傾訴的心事，終究還是壅塞在腦中。暫時壓抑住的悲傷，這一刻，以一種更為強大的力量回過頭來吞噬他。艾俄納憂愁地張望來往的路人，很疑惑在他們之中是否有任何人願意聆聽他的心聲？

這些路人匆忙地來去，可說是完全不在意路邊到底多一個車夫或少了一隻流浪狗。他感覺自己的孤寂無邊無際，似乎一旦潰堤了，就將淹沒整個天地。雖然如此，仍然不會有人察覺到他的情緒，因為，他的孤寂埋葬在無人

可見的心底。

不久，艾俄納停車的房子裡走出一位門房。

「親愛的朋友，請問現在幾點鐘了？」

艾俄納燃起一線希望似的問他。

「十點。你站在我們家前面幹啥？快離開！」門房冷酷地說。

艾俄納於是沮喪地走了。他沿街駛了一段路以後，忽然停下來。他垂下頭，彷彿是一種向憂傷投降的姿勢。他覺得向人求助是沒有用處的，心中感覺到劇烈疼痛的他拉動韁繩，決定返回馬廄了。

小馬似乎感覺到主人心裡的想法，開始努力振作精神，抬高馬蹄小跑起來。大約過了一個半小時，艾俄納終於返抵了馬廄。這裡像是一個車夫的終點集散地，集中著許多車夫，他們從這裡發車也回到此地休憩。

艾俄納窩在骯髒的大灶旁。

圍繞在大灶旁、地板上、板凳上和稻草堆上，全躺著車夫在呼呼大睡。空氣惡臭得令人作嘔。艾俄納其實一點也不想睡覺，事實上他根本不想這麼早回來，可是他實在沒有辦法在外頭工作了。他想，今天他連餵食牲口的乾糧錢都還沒賺夠呢，此刻手邊僅有的只是滿滿的憂傷而已。

不過，很快的，他又說服自己，其實已經應該知足啦，因為他知道他還算適合這份工作，能夠從其中溫飽肚子，並且還有一匹雖然瘦弱可還堪用的馬兒，比起許多流浪漢來說，他已經算是幸運的了。

忽然，角落裡走出一個年輕的車夫。他走向艾俄納身旁的水桶。

「口渴啦，兄弟？」艾俄納問他。

「我想是吧。」他睡眼惺忪地說。看來他不想搭理艾俄納。

「喔，口渴是件好事。兄弟啊，至於我，我的兒子死了。你知道嗎？就在這個星期，在醫院，他竟然就這樣走了。」

艾俄納語畢，偷瞄了一眼那個年輕的馬夫，想看看他是否有何反應。可是，什麼都沒有。年輕人喝完水，又倒回原來的地方睡著了。

艾俄納嘆了口氣，抓抓頭。他站起來，去喝了一口水，然後跟那個年輕人一樣也回到原來的地方。他不是愛說話，只是真的想說說話。他的兒子去世都快要一個星期了，為什麼沒有人能讓他好好地談談呢？他要慢慢地、非常仔細地跟想聆聽的朋友傾訴這件事情。那些不耐煩他說話的人，他雖然感覺難過，但並不太在乎，因為那些人，並不會明白他心中的痛楚。他將傾訴他的兒子是怎樣病倒的，死前如何受到折磨，講了哪些遺言，最後斷氣的時候又是如何。他還要詳細講述葬禮的狀況，以及他如何前往醫院取回兒子的遺物。

或許，也可以一併談談他的女兒吧。他的女兒還住在鄉下，他也想談談她。艾俄納愈想愈覺得有好多事情應該跟人談談，然而，悲慘的是他找不到人來聆聽他的故事。他想著想著，最後終於忍不住落下淚來。即使是他已經哭了，仍沒有人注意到他。

「好吧，我想我還是去看看我的小馬吧？睡覺嘛，什麼時候都可以睡。我還是去好好照顧一下生財的工具吧！」艾俄納自言自語。

他穿上外套走向馬廄去照顧馬。單獨一個人。

他想著一些關於乾糧、天氣和客人的事情，但就是不敢想起兒子。他可以跟別人談論起兒子，但是獨自一個人的時候，絕對不行。他害怕一個人繼續思念著兒子，整個人將會崩潰。

「填飽肚子吧，」他餵食小馬，注視著牠的雙眼，對牠說：

「快吃啊！全部吃光光喔。我們沒賺夠錢好買燕麥，但是我們可以吃乾草啊！喔，我恐怕已經老到快不能駕車了，應該讓我的兒子來駕車吧。他可以成為一個更優秀的車夫啊，現在餵食你的，應該是他而不該是我啊……」

艾俄納沉默片刻，繼續說下去：

「小馬啊，你知道嗎？我的兒子，庫慈麻·艾俄納死了。他丟下我們走了。你了解這種感覺嗎？就好比你有一隻小馬，你是牠的母親或父親，然後牠突然離開這個世界了，嗯，你也會很傷心吧？」

小馬邊嚼邊聽，動了動馬蹄。

艾俄納沉溺在他的悲傷當中，似乎覺得找到了出口，就這樣站在昏暗的

馬廄裡，一股腦兒地對眼前的小馬全盤拖出了他和他兒子的故事。

曼娟私語

　　為什麼搭乘馬車的客人，都是那樣的不可一世，躁動粗暴呢？老車夫與他們相較之下，顯得沉靜溫和，又滿懷心事。雖然車夫的身分地位看起來比不上乘客，他卻顯得優雅許多。

　　車夫的生活困苦，在認真務實的工作中，有時也遭到羞辱和謾罵。他能忍受這一切，為的應該就是家人。然而，上天不仁，卻在一場急病中，奪去了兒子的性命。他感到非常痛苦，想要傾訴，需要聆聽。這樣的悲傷，確實可以透過與人交談而得到安慰，可惜的是，他遇見的乘客與同行夥伴，都沒有興趣，也沒有耐心

傾聽。他試了一次又一次，只感到失落而已。在失落之中，憂傷更加沉重。

最終，他只能與自己的小馬說說話，尋求理解和安慰。

整篇小說的場景都是落雪天，白茫茫的飛雪中，一個老人，一匹瘦馬，掙扎求活。不被理解，沒有同情，何處可以找到救贖？

想一想 得到更多

A

老車夫遇見的乘客都沒有「同理心」，他們完全不關心他人的遭遇與痛苦。你覺得自己是有「同理心」的人嗎？

當別人向你傾訴痛苦或悲傷，你能專注傾聽，提供安慰嗎？

B

小說的結尾停在老車夫向馬兒傾訴的畫面，是否覺得特別孤獨淒涼？你覺得作者的安排有何意義？

國家圖書館出版品預行編目資料

張曼娟讀契訶夫/契訶夫(Anton Pavlovich Chekhov)原著 ; 張曼娟編譯.導讀. -- 初版. -- 臺北市 : 麥田出版 : 英屬蓋曼群島商家庭傳媒股份有限公司城邦分公司發行, 2021.06　面；　公分. -- (張曼娟的課外讀物 ; 2)　ISBN 978-626-310-013-8(平裝)

1.契訶夫(Chekhov, Anton Pavlovich, 1860-1904)2.小說 3.文學評論

880.57　　110007578

張曼娟的課外讀物 2

張曼娟讀契訶夫

原著作者　契訶夫（Anton P. Chekhov）
編譯導讀　張曼娟
編選協力　楊小瑜
校　　對　楊小瑜　李胤霆
責任編輯　林秀梅

版　　權　吳玲緯
行　　銷　何維民　吳宇軒　陳欣岑　林欣平
業　　務　李再星　陳紫晴　陳美燕　葉晉源
副總編輯　林秀梅
編輯總監　劉麗真
總 經 理　陳逸瑛
發 行 人　涂玉雲

出　　版　麥田出版
104台北市民生東路二段141號5樓
電話：(886)2-2500-7696　傳真：(886)2-2500-1966、2500-1967
發　　行　英屬蓋曼群島商家庭傳媒股份有限公司城邦分公司
104台北市民生東路二段141號11樓
書虫客服服務專線：(886)2-2500-7718、2500-7719
24小時傳真服務：(886)2-2500-1990、2500-1991
服務時間：週一至週五09:30-12:00・13:30-17:00
郵撥帳號：19863813　戶名：書虫股份有限公司
讀者服務信箱E-mail：service@readingclub.com.tw
麥田部落格：http://ryefield:pixnet.net/blog
麥田出版Facebook：https://www.facebook.com/RyeField.Cite/

香港發行所　城邦（香港）出版集團有限公司
香港灣仔駱克道193號東超商業中心1樓
電話：(852) 2508-6231　傳真：(852) 2578-9337

馬新發行所　城邦（馬新）出版集團【Cite(M)Sdn. Bhd.】
41-3, Jalan Radin Anum, Bandar Baru Sri Petaling,
57000 Kuala Lumpur, Malaysia.
電話：(603) 9056-3833　傳真：(603) 9057-6622
E-mail：cite@cite.com.my

美術設計　謝佳穎
印　　刷　前進彩藝有限公司

初版一刷　2021年7月1日 初版一刷
定價／320元
ISBN 978-626-310-013-8　ISBN 9786263100060 (EPUB)